Wäis Kiani
Stirb, Susi!

Wäis Kiani

Stirb, Susi!

Der Softie macht den Abgang

Goldmann Verlag

Die in diesem Werk beschriebenen Personen, Organisationen, Orte und Ereignisse sind von der Autorin erdacht und rein fiktiv. Jede Ähnlichkeit mit tatsächlichen Ereignissen, Örtlichkeiten, lebenden oder toten Personen ist ganz und gar zufällig.

Umwelthinweis:
Dieses Buch und der Schutzumschlag wurden auf chlorfrei gebleichtem Papier gedruckt. Die Einschrumpffolie (zum Schutz vor Verschmutzung) ist aus recyclingfähiger und umweltfreundlicher PE-Folie.

3. Auflage
Originalausgabe

Satz: Uhl + Massopust, Aalen
Druck und Bindung: GGP Media GmbH, Pößneck
Printed in Germany
ISBN 3-442-31084-9
www.goldmann-verlag.de

Inhalt

Intro 7
Alkohol 11
Arbeit 18
Ausziehen 27
Autos 34
Babys 43
Dating 47
Essen 55
Fußball 63
Geld 73
Geschenke 80
Grillen 85
Haare 92
Handys 97
Kleidung 103
Konflikte 127
Körperpflege 132
Love 141
Musik 155
Mut 160
Schweigen 168
Schwule 176
Shorts 181
Sport 185
Urlaub 191
Wohnen 206
Susi-Test 220

Für meine geplagten Eltern

Intro

Eines Tages werden Frauen uns Männer nur noch zum Schwere-Sachen-Heben brauchen.

Franz-Josef Wagner

Frauen haben keine Ahnung, was sie eigentlich wollen.

Werden sie gefragt, wie ein perfekter Mann zu sein hat, antworten sie, sie wünschen sich einen Mann, der sich für dieselben Dinge interessiert wie sie, gern shoppen geht, nicht sofort zudringlich wird, immer in Plauderlaune ist und nach dem Duschen nicht alle Handtücher nass auf dem Boden hinterlässt.

Den Mann haben sie bekommen.

Jetzt, wo diese neue Züchtung, der Softie, auch *Frauenversteher* oder vor einem Jahrzehnt von dem New Yorker Autor Mike Simpson (nicht verwandt mit Bart!) als *Metrosexual* etikettiert, mit übergeschlagenen Beinen auf dem Beifahrersitz ihres Kleinwagens sitzt und sich die Fingernägel feilt, rennen diese Frauen mit zu Berge stehenden Haaren davon und kreischen »Iiiih« und »Wir wollen Machos!«.

So sieht es auf dem aktuellen Männer-Weltmarkt aus.

Wir in Deutschland haben – zusätzlich zu jenem pudrig riechenden Gesellschaftsprodukt, dem man zeitig nahe legte, im Einklang mit seiner femininen Seite zu leben, um sich selbst und den Frauen besser zu gefallen – noch ein anderes Wunder der Evolution zu beklagen:

Die Susi.

Die Susi zeichnet sich weniger dadurch aus, dass sie im Sommer Designer-Flip Flops und unterm Arm eine Yoga-Matte ihres Lieblingsdesigners trägt.

Nein, die Susi kann durchaus schlecht angezogen und dennoch sehr unmännlich sein. Die arme Susi wurde nämlich, meist von ihrer hennarot gefärbten, BH-verweigernden Mutter, bei Vollmond und Tee zu einer Lusche erzogen. Weil Machos auf dem hennaroten Kosmos verpönt waren, sollte er zu einem sanften Weichei geformt werden. Das Ergebnis ist leider weit entfernt vom richtigen Mann. Im Gegenteil.

Der Susi wurden alle männlich-aggressiven Attribute ab- und dafür weibliche Eigenschaften wie Passivität anerzogen. Susi durfte sich nicht prügeln, nicht randalieren, nicht ins Koma saufen und Frauen nicht auf dem Schulhof an den Hintern fassen. Das wäre roh und proletarisch, erklärten ihnen ihre ideologisch infiltrierten Mütter.

Diese Mütter haben schon vor vielen Jahren im Geschlechterkampf etwas komplett missverstanden und aufs Übelste verwechselt. Es ging um Gleichberechtigung, aber nicht um Rollentausch!

Natürlich kann sich jede Frau ihre Zigarette selber anzünden, ihre Autotür selbst öffnen und ihre Rechnung selber zahlen. Sie muss sich in der Großstadt auch nicht von einem Mann beschützen lassen. Aber es fühlt sich besser an zu wissen, dass ihr bei ihm nichts passieren kann, dass er wenn nötig innerhalb von Sekunden höchste Gefährlichkeit ausstrahlen kann. Und eine Frau, die fremde Feuerzeuge entgegengestreckt bekommt, sitzt gleich viel aufrechter und hat eine um Längen bessere Ausstrahlung als die, die mühsam danach fragen muss.

Der Lieblingssatz der Susi ist: »Das seh ich nicht ein.«

»Warum muss immer ich zahlen? Das seh ich nicht ein.«

Oder: »Wieso muss ich warten und das letzte Taxi nehmen? Das seh ich nicht ein.«

Oder: »Wieso soll ich sie abholen? Ist ein Umweg, kostet nur Sprit. Das seh ich nicht ein.«

Die arme, vom Feminismus platt gewalzte Susi versucht sich dieselben Rechte zu erkämpfen wie die in seinen Augen privilegierten Weiber.

Anstatt sich auf unserem Terrain wichtig zu machen, sollte ein Mann lieber mit seinen Kumpeln trinken gehen, sein Auto tunen, Geschäfte machen, möglichst viele Verhandlungen führen, öfter jemanden auflaufen lassen, seine Untertanen anbrüllen, ständig an Sex denken und auch bei jeder Gelegenheit mehr oder weniger freundlich darum bitten und, ganz wichtig: viel lügen. Am besten alle an. Und nebenbei soll er bitte der Welt das Gefühl geben, sie könnte ihm den Buckel runterrutschen. Mit Ausnahme der Frauen natürlich.

Ein Mann, der auf seinem eigenen Planeten statt auf der Venus lebt, tut das, was die Natur für ihn vorgesehen hat. Das macht ihn unentbehrlich. Nichts ist für uns Frauen so kostbar wie männliche Aufmerksamkeit. Wir lieben es, beachtet zu werden, und wenn dem so ist, sind wir guter Dinge. Wir streiten nicht, keifen nicht, spucken nicht und treten nicht. Wie auch, denn neben jedem echten Mann sitzt immer eine echte Lady.

Und wenn wir es mal vergessen sollten, wird sein harter Griff an unserem Arm uns schnell wieder daran erinnern.

Echte Männer müssen keine Angst haben, sie werden immer gebraucht. Nicht zum Schwere-Sachen-Heben. Wirklich nicht.

Alkohol

Helmut ist nicht betrunken,
Helmut ist nur fröhlich.

Hedwig Berger

Trinken ist eine Kunst, die nur Männer beherrschen. Frauen sollten ihnen dabei höchstens zusehen. Männer lieben es nämlich, sich zu betrinken, wenn ein paar schicke Frauen (am besten mit langen, brauen Haaren, engen schwarzen Röcken und hochhackigen Sandalen, deren lange Lederbänder wie bei römischen Legionären um ihre glatten Waden geschnürt sind) ihnen dabei Gesellschaft leisten. Leider aber können sich die meisten Frauen Kommentare wie: »Jetzt ist es aber genug, das war doch schon dein fünftes Bier«, oder: »Du bist ja gleich ganz betrunken, iiih« nicht verkneifen. Zur Strafe betrinken sich Männer lieber mit anderen Männern als mit Frauen. Das kommt davon, wenn man die Klappe nicht halten kann.

Mit einem Mann, der nicht trinkt, stimmt etwas nicht. Von den fünf Dingen, auf die sich ein Mann für gewöhnlich am meisten freut, sollte Bier eines sein.

Betrunkene Männer sind zwar schlimm, keine Frage, aber Männer, die nicht trinken, sind noch schlimmer. Also ist Trinken immer noch besser als Nichttrinken.

Was für Beweggründe könnte ein Mann haben, nichts zu trinken?

Er könnte Moslem sein. Das kann man problemlos in Erfahrung bringen.

Etwa so: »Bist du Moslem?«

Wenn er Nein sagt (etwa so: »Nein.«), dann sitzen Sie einer Susi gegenüber. Denn dieser Typ amüsiert sich nie, schon gar nicht mit anderen Männern. Die trinken ja die ganze Zeit. Ohne ihn.

Dieser Mann will nie der Realität entfliehen. Weder morgens, mittags noch abends. Er will nie einfach alles vergessen oder nur voll wie eine Haubitze sein. Er will sich nie nicht mehr an den vorigen Abend erinnern können, nie nicht mehr wissen, wie er in dieses Zimmer mit der Kussmund-Lichterkette geraten ist. Und wieso er keine Unterhose anhat.

Gefangen in der Realität wird er das Wort »Filmriss« nie benutzen müssen, es sei denn, er ist Fotograf. Aber dann würde er ja trinken.

An der Art und Weise, wie ein Mann sich betrinkt, lässt sich ganz leicht erkennen, mit wem man es zu tun hat (in vino veritas!):

1. Ein Mann verträgt Alkohol und Drogen. Nicht gerade wie Robert Downey jr., aber genug, um kein Mitleid zu erwecken.
2. Er hat nur »klare Sachen« in seinem Kühlschrank. Wasser, Bier, Wodka. Bis er einen schlimmen Kater hat. Dann winselt er bei ihr um eine Cola.

3. Wenn er in einer Bar als Erstes nach der Karte fragt und sich dann ein mit Schirm und Melone dekoriertes buntes Getränk in vasenförmigem Glasbehälter bestellt, trägt er im Winter auch Strumpfhosen.
4. Er weiß, wo er was zu trinken bekommt. Und von wem.
5. Wenn er eine Fahne hat, entschuldigt er sich bei ihr.
6. Er hat keine ölige Stirn, die hässliche Fettflecken auf Seidenblusen (Brusthöhe) hinterlässt.
7. Er riecht aus dem Mund nicht nach Erbrochenem.
8. Wenn sie Tee trinkt, betrinkt er sich trotzdem. Es ist ihm egal, was sie darüber denkt.
9. Wenn er nicht steinalt ist, beginnt er nach einigen Bieren die Ladys anzugrabschen. Das sind gut gemeinte Komplimente.
10. Er schläft niemals irgendwo ein. Weder in der Bar noch auf einer Parkbank. Und schon gar nicht in einer fremden Wohnung, weil er einen Tag zuvor heimlich eine Lexotanil genommen hat, um seinen Körper der Wissenschaft zur Verfügung zu stellen.
11. Er weiß, dass Wein ein Getränk für Weiber und Oberlehrer ist. Prosecco gießt er nur in sein Risotto.
12. Er besitzt ordentliche Gläser, die er nicht alle zusammengeklaut, sondern gekauft hat, und anständige Drinks zu Hause. Die Eiswürfelsituation ist eine geordnete.
13. Er spuckt beim Sprechen niemandem ins Gesicht. Wenn doch, entschuldigt er sich sofort und gibt eine Runde aus.

14. Er ist auf die von ihm konsumierten Mengen stolz wie auf eine prächtige Erektion. Er prahlt mit Sätzen wie: »Am 11. September 2001 habe ich dreiundzwanzig Wodka auf Eis getrunken. Gott, war ich besoffen.«
15. Er verfügt über eine Sammlung erlesener Whiskys zu Hause, die ihm seine Freunde immer zum Geburtstag schenken.

Für Frauen gelten andere Regeln. Leider trinken Frauen fast genauso gern wie Männer, auch wenn sie nicht dazu stehen und es mit ihnen meist kein gutes Ende nimmt.

Der Mister und seine Missus haben sich auf einer Party bei Freunden ausnahmsweise sehr gut amüsiert. Viel zu gut für einen Donnerstag. Als es wenige Stunden vor Sonnenaufgang Zeit wird aufzubrechen, findet er sie glücklich lallend mit ihren Freundinnen neben dem Faxgerät des Gastgebers, in der Hand ein Blatt Papier mit einer selbst angefertigten obszönen Zeichnung. Sie ist im Begriff, das Papier in das Faxgerät zu schieben. In der anderen Hand hält sie ein volles Wodkaglas, das bei jeder ihrer Bewegungen seinen Inhalt in die Tastatur des Gerätes schwappen lässt.

Er braucht eine halbe Stunde, bis er ihren zweiten Michel-Perry-Pumps im Bad findet. Sie schwankt in Zeitlupe an seinem Arm die Treppen hinunter. Unten angekommen versucht sie ihn zu küssen, sagt aber »Max« zu ihm, obwohl er Nick heißt. Er trägt sie Huckepack ins Taxi, wo sie sofort das Bewusstsein verliert. Ihr

Kopf baumelt an seinem Arm, ihre Frisur hat sich gelöst, die Haare hängen ihr wirr um den Kopf. Er schnüffelt daran wie ein Welpe am Futter, er kennt den Geruch: Aveda.

Er trägt seine ohnmächtige Begleitung in seine Wohnung, zieht sie aus und legt sie ins Bett. Er selbst nimmt zwei Aspirin und eine Magnesium-Tablette und legt sich daneben.

Als er sich am nächsten Vormittag von ihr verabschieden will, stöhnt sie leise:

»Ich will sterben. Bitte, bitte, töte mich.«

Das kannst du selbst am besten, denkt er und lässt sie allein.

Zehn Stunden später:

Es ist die Blaue Stunde. Sundowner-Stimmung. Er sperrt die Tür zu seiner Wohnung auf und lauscht in die Stille. Im Flur liegt ein Handtuch auf dem Boden. Daneben ein brauner Fleck. Im Bad liegen alle Handtücher auf dem Boden, zum Teil im Waschbecken, zum Teil in der Wanne. Sie sind alle mit großen braunen Flecken durchtränkt. Auf dem Weg ins Schlafzimmer sieht er auf Brusthöhe einen gigantischen dunkelbraunen Fleck an seiner makellosen Wand, der bis zum Boden läuft. Auf dem Schlafzimmerboden liegen noch mehr weißbraune Handtücher. In seinem Bett liegt eine Leiche. In ein weißes Handtuch gewickelt.

»Was ist denn hier los?«

Die Leiche stöhnt.

»Was sind das für Flecken?«

Leises Geflüster: »Ich habe gekotzt.«

»Und wieso ist deine Kotze braun?«

Stöhnen. Dann, mit sehr dünner Stimme: »Cola.«

Frauen sollten es einfach lassen. Frauen sollten lieber nur ein Glas trinken. Da können sie dann allerdings frei wählen, ein Glas Calvados vor dem Essen zum Beispiel kann superschick sein, vor allem, wenn er aus der privaten Hausbar stammt. Mit nur einem Drink in der Hand und beiden Schuhen an den Füßen kann sie sich auch viel besser in Pose werfen.

Ungefähr so:

Ein Mann (dunkler Anzug, weißes Hemd, gut geschnittenes Haar) betritt einen Raum, in dem sich eine schlanke Mittdreißigerin (fliederfarbenes Wickelkleid aus Seidenjersey von Versace) in einem transparenten Ballchair räkelt. Der Mann steuert souverän die Bar an, wählt, ohne lange zu suchen, ein schweres Glas, wirft – *klirr, pling* – Eiswürfel hinein und fragt, ohne sich umzudrehen: »Wie möchtest du deinen Drink, Chérie?«

Die entscheidende Frage lautet: Welchen Drink hat er für sie ausgewählt? Da das Getränk zur Konsumentin passen muss und sich im Idealfall in eine gelungene Kombination aus Glas, Farbe, Durst und Anlass einfügt, wird es wohl in diesem Fall ein klarer Wodka sein. Und zwar aus Polen, denn das ist ja bekanntlich das neue Russland.

So ein Getränk ist frauenfreundlich, verursacht keine braunen Flecken und ist somit erlaubt.

Als Stimmungsaufheller ist Alkohol für Ladys jedoch

nicht geeignet. Auch nicht in Verbindung mit anderen Stimmungsaufhellern.

Wir sind uns alle einig:

Frauen haben in der Nähe von Fässern einfach nichts verloren. Jede betrunkene Frau ist abstoßend und bietet keinen schönen Anblick.

Im Gegensatz zum Mann ist es bei einer Frau nicht sexy, wenn sie morgens um sechs auf einer Party in ihrer eigenen Wohnung, wenn alles leer getrunken ist, aus einem geheimen Bunker eine große Flasche Chivas Regal zieht. Und sich dann mit zweien ihrer männlichen Gäste an den Tisch setzt und gemeinsam mit ihnen die Flasche leert. Egal, ob sie lallt oder ihr nichts anzumerken ist, die Sache ist in jedem Fall beängstigend.

Es ist nämlich weniger schlimm, eine Frau Whisky kotzend als Whisky trinkend zu sehen.

An einer betrunkenen Frau, die älter ist als siebzehn, haftet nichts Weibliches, nichts Anziehendes und schon gar nichts Erotisches. Sie erweckt noch nicht einmal Mitleid.

Eine Frau darf auch nie den Satz sagen: »Dich trinke ich unter den Tisch.«

Dann kann sie ihrem Begleiter auch gleich eine Runde Armdrücken vorschlagen.

Eine Ausnahme bildet höchstens England, wo man abends ab dreiundzwanzig Uhr betrunkene Frauen mit wirrem Haar kleine Kreise vor Pubs laufen sehen kann. Aber darum müssen sich die Engländer kümmern. Das hat mit uns nichts zu tun.

Arbeit

And suddenly all the world
is listening to your music.

Mike Skinner

Ein Mann hat eine Arbeit, die er liebt und beherrscht. Eine Arbeit, bei der er sich nicht von anderen Männern bevormunden oder herumkommandieren lässt. Schon gar nicht von Frauen. Idealerweise ist er sein eigener Chef. Das ist die Voraussetzung für das geniale Gefühl, das dem des Jagens, Bauens und Erlegens am nächsten kommt. Ein Mann, der einen langweiligen Acht-Stunden-Tag an seinem Schreibtisch verbringen muss, hat ein Problem mit seinem Aussehen und seiner Ausstrahlung. Er ist weit entfernt vom Modell »Silberpfeil«.

Lässt er sich schon einen Lohn auszahlen, dann ist er wenigstens in der Aufgabe, die er übernommen hat, so souverän und unersetzlich, dass seine Chefs aufgeschmissen sind, wenn er geht, und nicht umgekehrt.

Er jammert weder bei seinem Chef noch über ihn. Auch nicht zu Hause bei seiner Frau. Ein Mann, der bei seiner Frau über seinen Chef jammert, jammert auch bei seinem Chef über seine Frau (siehe auch Kapitel *Schweigen*).

Es gibt Tätigkeiten, die können einen Mann durch ihr bloßes Ausgeübtwerden in eine Lusche verwandeln.

Tests haben bewiesen: Die Abwesenheit von Herausforderungen lässt einen Mann in sich zusammenfallen. Männer pflegen wichtige Rituale, die Frauen fehlen. Zum Beispiel Verhandlungen führen. Wer von neun bis sechs an seinem Schreibtisch döst, führt keine wichtigen Verhandlungen und stirbt einfach irgendwann an Langeweile vor seinem Fernseher.

Ein Mann verwandelt sich, wenn er über einen längeren Zeitraum hinweg einer bestimmten Art von Beschäftigung nachgeht, nach und nach vom Mann zur Lusche.

Leider gilt das nicht auch umgekehrt. Für Luschen gibt es, therapeutisch gesehen, nur wenige Möglichkeiten der Wieder-Rückentwicklung zum Mann. Empfehlenswert wäre ein längerer Aufenthalt in der Fremdenlegion. Aber über die Erfolge solcher Therapien ist bislang nicht viel bekannt.

Ein Mann, der in seinem Job nicht seinen Auffassungen von Richtig und Falsch entsprechen kann, kündigt. Auch wenn er keinen anderen Job hat. Weil er sonst an Abscheu vor sich selbst zu Grunde geht. Er verschwindet einfach. Verlässt das Gebäude und verschickt noch eine E-Mail an ein paar gute Freunde: *The Doctor just left the Building*.

Gute Berufe für Männer:

1. Handwerker
   Sehr sexy. Sehr authentisch. Und sehr befriedigend für ihn. Lebenswichtige Dinge existieren oder funktionieren nicht ohne ihn. Er arbeitet mit seinen Händen und kann jeden Tag mit eigenen Augen sehen, was er geleistet hat. Wenn er schlau ist, verdient er auch viel Geld damit. Außerdem ist Werkzeug ein ideales Accessoire für Männer. Nicht umsonst war jeder Big-Jim-Packung ein Schraubenschlüssel beigefügt. Wer hätte Barbie sonst die Waschmaschine anschließen sollen?

2. Musiker
   Sehr sexy. Sehr nützlich. Kann gut zuhören. Und sorgt für das, ohne das alles nichts ist: den Soundtrack zum Film, also zum Leben. Er sitzt oft den ganzen Tag in einem Studio, raucht und schraubt an irgendwelchen Knöpfen herum, und am Ende des Tages kommen göttliche Klänge dabei heraus. Die Sache mit den DJs ist zwar wirklich vorbei, genau wie die Neunziger, aber wenn er auch noch Platten spielen kann, dann ist er ein Retter und ein Engel. Nichts steht einem Mann besser zu Gesicht als ein exzellenter Musikgeschmack (siehe auch das Kapitel *Musik*).

   Sie liegt auf einer weißen Minotti-Ledergarnitur und lackiert sich die Fußnägel mit *La Laque* von Yves Saint Laurent Nr. 17, *Pink Diamond.* Er steht an seinen Plattenspielern und wippt vor sich hin. Er dreht sich um, wedelt mit einer Plattenhülle der französischen Band Air und sagt: »David Gilmore meinte, das hätte auch von ihm sein können.« Dann dreht er sich wieder um und schiebt zwei Regler nach oben. Sie betrachtet erst seinen Hintern, dann ihre Füße. Das Leben ist perfekt.

3. Manager
Er steht an der Spitze. Eine Art Schafhirt. Die anderen warten auf das, was er sagt. Er ist der Anführer, der angibt, in welche Richtung geritten wird, wer die Vorhut bildet und welche Kampftaktiken erlaubt sind.

4. Häuserbauer
Checkt Ländereien. Baut Nester. Wenn ein Nest fertig ist, verkauft er es stolz und baut das nächste. Kann mit großen Geldsummen souverän umgehen. Hat gute Kontakte nach Polen. Aber Vorsicht, Ausnahme: Architekten. Architekten sind selbstverliebte Waschlappen, die nur darüber jammern, dass sie so viel Geld in den Glasaufzug gesteckt haben und es ihnen ja doch keiner dankt. Nein, es dankt ihnen keiner. Auf Dank zu warten ist sowieso superschwul.

5. Landwirt
Besitzt Land. Besitzt Vieh. Besitzt Kontakte. Pflanzt, sät, erntet. Hat immer für alle genug zu essen. Re-

det nicht viel. Von allen der Unverdorbenste. Macht nicht viele Worte. Wenn er sauer wird, holt er seine Heugabel. Danach ist Ruhe.

6. Verleger, Herausgeber, Chefredakteur
Très chic. Beschließt, was andere zu denken haben. Verfügt über unendliche Macht, hat alle möglichen Fäden in der Hand. Und meistens auch eine Menge Dreck am Stecken. Kann sich vor übereifrigen, Salat essenden Redakteurinnen nicht retten, die sich über sein Bett in eine journalistische Karriere schlafen wollen. Dazu kann er gar nicht impotent, fett und schlecht angezogen genug sein. Aber es gibt auch schöne Exemplare, bei denen reicht es dann, an ihrer Seite gesehen zu werden.

7. Rennfahrer
Sehr authentisch. *Wrumm, wrumm, wrumm*, alles wie früher, als die Mädchen, nur um dabei zu sein, zusehen mussten, wie die Jungs die Autos in ihren Carrera-Bahnen aus den Kurven fliegen ließen. Aber aus Mädchen wurden Nutten oder VIPern, hinzu kamen Medien, Millionen und Scheichs. Die Autos blieben. Schön.

8. Koch
Siehe auch das Kapitel *Essen*. Männer können einfach besser kochen als Frauen. Vielleicht weil sie sich mehr Mühe geben. Jede Frau sollte einen Lieblingskoch haben, von dem sie alles unbesehen isst.

Besser noch ist ein zusätzlicher Ersatzkoch, wenn der Lieblingskoch mal nicht kann oder will.

9. Arzt
   Rettet Leben. Trägt sexy Kleidung. Entscheidet über Leben und Tod. Ist einer Unterhaltung auf Latein nicht abgeneigt. Besitzt Bücher mit lustigen Bildern. Und hat noch einen Dr. vor seinem Namen. Macht definitiv was her. Und bringt den Satz auf den Punkt: »Lassen Sie mich durch, mein Mann ist Arzt.«

10. Apotheker
    Das Tor zum Himmel. Hat alles, was man braucht. Vor allem den Schlüssel zum Giftschrank.

Schlechte Berufe für Männer:

1. Fernsehmoderator
   Die Wurst der Nation. Trägt Make-up im Gesicht. Muss seinen Text von Pappen ablesen, die ihm dicke Frauen hinhalten. Andere dicke Frauen oder schwule Männer bringen ihm seltsame billige Anzüge und Hemden, die er anziehen muss, auch wenn er nicht will. Dazu die ständige Angst (siehe auch das Kapitel *Geld*) vor der Einschaltquote. Ist die zu niedrig, ist er ganz weg aus dem Fernsehstudio, verschwunden, und ein anderer »Schwiegersohn« bekommt sein Geld, seinen Anzug und sein Make-up. Wenn er nicht ausgewechselt wird, schrumpelt er vor dem Bildschirm im Laufe der

Jahre vor sich hin und antwortet auf die Frage *Wie lange noch?* mit *Solange ich kann.* Und lächelt mit seinen gelifteten Backen vom Cover einer großen Gesellschaftszeitung.
Einzige Ausnahme: Harald Schmidt. Als er den Sender verließ, war klar, wer der junge Lover war und wer jetzt alt aussieht. Sehr cool.

2. Hausmeister
Hängt den ganzen Tag im Erdgeschoss rum und wechselt Glühbirnen aus. Das macht auf die Dauer krank. Die werden deshalb oft in einer Nacht-und-Nebel-Aktion aus einer übel riechenden Wohnung im Tiefparterre abtransportiert.

3. Barmann
Muss zu allen nett und devot sein. Wenn er das nicht kann, wird er gehasst und kriegt kein Trinkgeld. Er muss also fremde Menschen für ein bisschen Kleingeld anschleimen. Außerdem sind Barmänner die dümmsten Menschen der Welt. Bis auf eine Ausnahme, die erleuchtet in München das Schumanns.

4. Lehrer
Ohne Worte. Gleich danach kommt

5. Polizist

6. Schauspieler
Zieht einen trojanischen G-String an und macht das, was ein Kokainfass ihm befiehlt. Danach gibt er einem großen Gesellschaftsblatt ein Interview. Auch immer Make-up im Gesicht und leider auch auf den Pobacken.

7. Ladenbesitzer
Sperrt morgens auf. Abends zu. Morgens wieder auf. Auch am Samstag. Zwischendurch räumt er Regale ein. Oder macht Buchhaltung. Aquarium-Lifestyle.

8. Event- und PR-Manager
Hat keine Ehre, keine Skrupel und keinen Stil. Hinterlässt überall wahllose Schleimspuren. Schläft am liebsten mit Frauen, die ihm einen »Etat« verschaffen können.

9. Controller
König der Langeweile. Erlebt nie etwas. Kontrolliert alles. Keiner kennt ihn. Niemand mag ihn. Wenn er weg ist, merkt es auch keiner. Versitzt sein Leben am Computer-Bildschirm.

10. Telekom-Techniker
Werden zwar sehnsüchtig erwartet, halten aber nicht, was sie versprechen. Stehen zudem immer hilflos in Wohnungen vor Frauen in Bademänteln herum und riechen nach Schweiß. Der Vokuhila-

Haarschnitt ist nicht Retro und auch nicht Ghetto, sondern die Regel.

11. Schriftsteller, Journalist
    Immer enorm verzweifelt wegen nichts. Kämpfen mit Papier statt mit anderen Männern. Autistische Weicheier. Haben zwei linke Hände und ein zu großes Gehirn dazwischen.

Ein Mann spricht nicht über seinen Beruf. Wenn er es doch tut, dann nur, weil er nichts anderes zu sagen hat. Wer nicht weiß, worüber er außer seiner Arbeit sprechen kann, hat Angst, dass man sich sonst nicht für ihn interessiert. Weil er sonst keine anderen Fakten kennt und seiner eigenen Meinung über den Zustand der Welt nicht traut. Wenn er sich überhaupt schon Gedanken zum Zustand der Welt gemacht hat, was wenig wahrscheinlich ist. Sonst würde er nicht pausenlos über seinen Beruf quatschen, sondern über ein nettes Thema. Wie zum Beispiel darüber, dass es in gewissen heißen Ländern durchaus üblich ist, Kinder in ausgehöhlte Wassermelonenhälften pinkeln zu lassen.

Noch unerträglicher als Männer, die über ihre Arbeit reden, sind Frauen, die glauben, ständig darüber reden zu müssen, was ER macht, weil sie selber nichts machen oder nur einen kleinen Job in einer kleinen Agentur in einer noch kleineren Welt haben und das, was er macht, naturgemäß viel toller finden.

Ausziehen

Zieh dich aus, bitte.

Jacob Bilabel

Ein Mann liebt es, wenn eine Frau sich schön anzieht. Wenn sie Kleidung trägt, die neugierig macht auf das, was man nicht sehen kann. Kleidung, die die vom Stoff freigelassenen Körperteile besonders schön herausstechen lässt.

Nicht jeder Rock macht aus Beinen das, wonach sich ein Mann umdrehen möchte. Nicht jede Frau weiß das. Deshalb sagt der Mann seiner Frau, wenn sie es nicht sowieso schon weiß, wie sie sich kleiden soll. Wenn sie es weiß, macht er ihr Komplimente, zum Beispiel so: »Du siehst aber geil aus. Mein lieber Schwan!«

Ein Mann weiß: Komplimente sind die halbe Miete (siehe auch das Kapitel *Geschenke*). Und wer welche macht, ist frei und froh.

Ein Mann mag es, wenn eine Frau in ihren Kleidern sexy aussieht. Nicht unerreicht hip und auch nicht wie eine Luxus-Hostess, nach der sich alle anderen Männer umdrehen. Und auch nicht zu cool. Aber bieder auch wiederum nicht.

Und bitte nicht zu modisch. Es gibt eine modische Ebene, die Männern verschlossen bleibt.

Auch wenn alle Londonerinnen einen ganzen Sommer lang *High Heels* mit Söckchen tragen, wird ein Mann beim Anblick seiner Missus in Häkelsöckchen und Riemchensandalen mit sehr hohen Absätzen erstaunt fragen:

»Hast du dich verletzt?«

»Nein, das ist jetzt modern«, antwortet sie stolz und reckt ihre Nase in den Wind.

Er wird eine Zeit lang schweigen und seine Gedanken ordnen. Aber spätestens in dem Moment, in dem sie an seiner Seite das Haus verlassen möchte, wird es aus ihm herausbrechen:

»Kannst du bitte diese ekelhaften Socken ausziehen? Ich geh mit dir so nirgends hin! Das sieht aus wie bei einer gichtkranken Oma! Ich kann da gar nicht hinsehen!«

Wo Frauen selbstverliebt in den Spiegel blicken, assoziiert ein Mann unter Umständen Krankheit und Vergreisung.

Wer seine Häkelsöckchen trotzig anbehält, wird natürlich mit Liebesentzug und Verachtung gestraft.

Für eine Frau ist ein Vintage-Blumenkleid aus dem Jahr 1976 von Meister Valentino, kombiniert mit sensationellen Neon-Leggings, der Gipfel des feinen Geschmacks. Mit so einem Outfit stellt sie alle anderen Weiber in den Schatten. Ein Gefühl, wie den Carrera 997 schon ein halbes Jahr vor Auslieferung zu besitzen.

Er wird sie erst verstört ansehen und dann sagen:

»Willst du diese alte Schürze und die abgeschnittene Leuchtstrumpfhose wirklich anlassen?«

Womit Kleid und Leggings ihrer Identität beraubt wurden. Wer sendet, muss auch empfangen werden, sonst ergibt ja alles überhaupt keinen Sinn.

Sie kann sich die Haremshose sparen, wenn er sich neben ihr fühlt wie Aladins Wunderlampe.

Ein Mann interessiert sich nicht für den theoretischen Überbau, der eine Frau dazu gebracht hat, sich etwas Bestimmtes anzuziehen. Er sieht nur das Endergebnis: grauenvoll. Dabei ist es nicht so, dass er sich überhaupt nicht für ihre Kleidung interessiert.

Sie sollte ihn nur nicht zu sehr (alte Schürze) oder überhaupt nicht (Leuchtstrumpfhose ohne Fuß) an seine Mutter erinnern.

Ein Mann bekommt »Fashion-Panik«, wenn

1. er Angst haben muss, dass sie aussieht wie eine Verrückte. Wenn sie goldene Stiefel und einen Straußenfedermantel mit Hotpants darunter trägt, denkt er: Wie sehe ich daneben aus? Was denken die anderen Männer?
2. sie zu sexy aussieht und er sich die Männerphantasien dazu vorstellt. Das macht ihm Angst.

Da der Mann an sich einfach gestrickt ist, schätzt er bei seiner Frau auch ebensolche Kleidung. Er will, dass seine Frau einfach nur sexy aussieht, nicht cool.

Am liebsten ist es ihm, wenn sie Kleidung trägt, die ihre Nacktheit unterstreicht. Er liebt auch wirklich nackte Frauen. Und Strip-Clubs. Und Frauen, die für ihn strippen.

Er interessiert sich aus diesem Grund auch sehr für ihre Unterwäsche, aber kaum für seine eigene. Nur Luschen interessieren sich nicht für Damenwäsche.

Ausziehen ist für den Mann wichtiger als Anziehen. Ein Mann ist für alles zu gewinnen, solange dabei das Wort »nackt« vorkommt.

Fragt sie ihn beispielsweise: »Gehst du am Samstag mit mir zu H&M, nackt?«, wird er sofort aufgeregt Ja sagen, bis ihm später einfällt, dass Hennes und Mauritz am Samstag der Vorhof zur Hölle ist.

Ein Mann kann sich nie daran erinnern, was eine Frau wann anhatte. Nur Luschen und Schwule erinnern sich an »das Kleid«. Ein Mann interessiert sich nur für das, was drinsteckt. Ist der Körper gut, darf die Hülle auch von minderer Qualität sein. Andersherum ist Hopfen und Malz verloren.

Frauen ohne Pirelli-Kalender-Figur können sich das Geld für Haute Couture sparen. Das wäre sonst so, als würde man seiner Katze zum Fleisch ein unglaubliches Kartoffelgratin servieren. Katzen interessieren sich nun mal nicht für Beilagen.

Ein Mann zieht sich in dieser Reihenfolge aus:

1. Mantel
2. Schuhe und gleichzeitig Socken

3. Hemd
4. Hose
5. Jetzt dürften nur noch die Shorts übrig sein. Sonst stimmt etwas nicht.

Wird auch nur ein Punkt dieser Reihenfolge nicht eingehalten, hat das verheerende Folgen.

Ein Mann weiß, wie sexy es ist, vor dem Entledigen der Hose noch eine Zeit lang barfuß umherzulaufen und dann irgendwann die Hose abzustreifen. Wann hat ein Mann heutzutage sonst noch Gelegenheit, barfuß zu sein?

Natürlich zieht er erst sein Hemd und dann erst die Hose aus. Nur Eierköpfe ziehen erst die Hose aus. Der zeitliche Rahmen zwischen dem Ausziehen des Hemdes und der Hose kann kaum gesprengt werden. Ein Mann mit nacktem Oberkörper (er hat ja keinen kleinen Bauch, wie in Kapitel *Körperpflege* erklärt) und nackten Füßen kann auch für immer so bleiben. Solange er seine Hose noch anhat, ist er auch niemandem eine Erklärung schuldig.

Im Gegensatz zu Luschen, die diese Variante bevorzugen:

1. Mantel
2. Schuhe
3. Hose
4. Hemd
5. Socken.

Ein Mann, der seine Schuhe auszieht, die Socken jedoch anlässt und sich dann noch seiner Hose entledigt, trägt also nur noch seine Unterhose, sein Hemd und, ja, seine Socken. Das Hemd ist ohne Hose so lang, dass die Zipfel der Boxershorts kaum noch zu sehen sind. Er sieht also aus, als hätte er ein untailliertes Kleid an. Dazu trägt er Socken, die im schlimmsten Fall auch noch ein wenig zu eng sind. Also in die Fesseln einschneiden.

Sich vorzustellen, wie das aussieht, ist einfach. Was in diesem Kerl vorgeht, ist dagegen schon schwieriger zu erahnen.

Für das Ausziehen bedarf es keiner besonderen Technik, keines Talents, auch keiner lasziven Abstreifmethode (jedenfalls nicht bei Männern, bei Frauen natürlich schon), sondern einfach nur des Auswendiglernens der Punkte 1–5 der oberen Liste.

Lässt sich auch ausschneiden und an den Kühlschrank kleben. Dann geht's vielleicht einfacher.

Dinge, die ein Mann nackt tun darf:

1. Duschen
2. Sex haben
3. Schlafen
4. Tapezieren
5. Telefonieren
6. Sauna.

Dinge, die ein Mann niemals nackt tut:

1. Schwimmen
2. Kochen
3. Sich massieren lassen
4. Ein Feuer legen
5. Sich fotografieren lassen.

Autos

Menschen, die langsam fahren, sind hässlich
und haben ansteckende Krankheiten.

Ayrton Senna

Männer und Autos gehören zusammen. Deshalb braucht jeder Mann mindestens ein Auto. Eigentlich braucht er sogar zwei, ein großes und ein schnelles. Oder ein altes und ein neues. Oder ein großes, ein schnelles und ein altes. Oder einen ganzen Fuhrpark.

Männer, die so lange Autos gesammelt haben, bis die kleinen Lieblinge zu einer hübschen, sinnlosen Sammlung angewachsen sind, können dann für die *Lady of the moment* das Garagentor mit hoheitsvoller Miene öffnen, mit lässiger Geste auf die vor beiden liegende Pracht zeigen und dazu mit stolzer Brust verkünden: »All das gehört mir, Honey. Wenn du mich heiratest, dann, äh, dann darfst du auch mal damit fahren.«

Früher hatten Männer Pferde. Western zeigen es immer noch mit grausamer Präzision: Ein Cowboy ohne Pferd ist harmloser als ein kastrierter Hauskater. Ein Mann ohne Pferd steht unten, er ist langsam, er kann nicht fliehen vor den anderen, die oben sitzen, in ihren Satteln. Am allerwohlsten jedoch dem, der im Sattel sitzend dem Hufgetrommel seiner hundertköpfigen Hengstparade lauschen darf, das die nächtliche Stille der Prärie stört.

Irgendwann wurden aus schnellen Pferden dann noch schnellere Autos. Der emotionale Nutzwert blieb unverändert: Männer sitzen heute anstatt auf warmem Pferdefleisch auf kalten Zylindern, Ventilen und Ölleitungen.

Sonst ist alles beim Alten geblieben.

Männer haben sich die Mühe gemacht, Autos für uns zu erfinden. Wegen ihres technischen Verständnisses haben sie daher auch ein Vorrecht auf Schnelligkeit und alle damit verbundenen Vergnügungen wie zum Beispiel das Egoboosting und der Adrenalinkick, wenn Mann mit 120 aus der Kurve schießt – und vor ihm liegt der Stau.

Wären wir Frauen, von wem auch immer, mit der Aufgabe betraut worden, uns allein verantwortlich um die Motorisierung der Gesellschaft zu kümmern, würden wir noch heute, ohne mit der Wimper zu zucken, unsere Habseligkeiten in einem Bollerwagen hinter uns herziehen. In einem Modell mit quietschenden, rostigen Reifen, die traurig an den Seiten des Holzwagens baumeln würden. Die Unersättlichen unter uns hätten vielleicht eine Ponykutsche. Ein übertriebenes Geschenk vom Vater. Mehr brauche ich doch nicht, würden wir uns denken. Hauptsache, ich muss nicht tragen (Schleppen ist asozial), nicht laufen (Absätze werden geschont) und nicht nass werden (Planwagen).

Männer haben im Gegensatz zu uns Frauen schon früh die Erfahrung gemacht, wie schön es ist, schneller zu sein als die anderen, als sie uns als Dreijährige auf ihren getunten Bobbycars überholten. Schon damals schmeckten sie diesen ganz besonderen Geschmack im Mund: den Geschmack des Geschwindigkeitsrauschs.

Nur Männer, die allein mit Frauen aufwuchsen oder von ihren Vätern ignoriert wurden, halten es mit achtzehn nicht für lebenswichtig, den Führerschein zu machen, oder glauben einfach, kein Auto zu brauchen. So etwas widerstrebt der Natur. Das ist so, als würde man einen jungen Löwen makrobiotisch ernähren.

Erwachsene Männer, sowohl mit Führerschein als auch hoffentlich mit besserem Budget ausgestattet, gibt es in verschiedenen Geschmackssorten:

1. Porsche, Soundmodell Bullenhoden: Der frühe Vogel fängt den Wurm. Aber auch der schnellste. Deshalb sind Porsche-Carrera-Fahrer zumeist glückliche und ausgeglichene Menschen. Sie halten sich in einer Umgebung auf, die allen Ansprüchen gerecht wird: einer Ästhetik, die sich noch oberhalb eines schönen Frauenkörpers ansiedelt, gepaart mit einer Geräuschkulisse, die in ihrer Gewalt eben an Bullenhoden erinnert. Wer auf der Straße, mit dem Hosenboden knapp über dem Asphalt, so viel Krach verursacht, lässt sich auch sonst nicht den Mund verbieten (gefährliche Ausnahme: Porsche Boxster: das Pendant zum asymmetrischen CD-Regal. Von

Porsche für den amerikanischen Markt entworfen. Da gehört er auch hin. Paris Hilton fährt so einen. Alles klar?).

2. Audi TT oder Spesenritter-Audi: wie ein Golf mit Strapsen. Sitzen nur Agenturdeppen und Eventmarketingnasen mit Logokäppis drin. Trifft man beim *International Brunch.* Und vor Bars, in denen sich kichernde Frauen mit H&M-Körpern einen *Cosmopolitan* bestellen. Zum Glück ist die Event-Marketing-Welt pleite und hat kein Geld mehr für so einen Quatsch. Also kaum noch präsent.

3. Citytaugliches Allradvehikel: typisches Luschenauto. Diese Riesenblechdosen, zum Beispiel Chrysler Voyager, Mercedes M-Klasse, Mitsubishi Outlander, Nissan Patrol oder BMW X3 oder X5 bieten dem Fahrer alles, was er selbst nicht kann: Eindruck schinden und die anderen von der Straße drängen. Nicht durch sportliches Geschick, sondern einfach nur durch behäbige Masse. Ohne Auto sind diese Männer mit dem bloßen Auge kaum erkennbar, deshalb holen sie ihren Panzer sogar zum Zigarettenholen aus der Garage. Sie fühlen sich sonst wie schleimige Nacktschnecken ohne Haus, die jeder unter seinen Füßen zertreten könnte, ohne es auch nur zu bemerken (aber Achtung! Die Ausnahme zum Sofort-Verlieben: Landrover Defender. Je schmutziger und rostiger, desto besser. Unschlagbar im Schlamm, innen eingerichtet wie ein Schup-

pen, weckt Lust auf Wüstentouren. Und die Wüste schweißt ja bekanntlich sogar das zusammen, was nicht zusammengehört, bemerkte einst Antoine de Saint-Exupéry).

4. Alleskönner-Kombi: sehr vertrauenswürdig. Haben zur Not auch über Nacht ein Dach über dem Kopf und sind schnell auf der linken Autobahnspur. Egal, ob Volvo (am schönsten: der legendäre Schneewittchensarg 1800 ES in Grau Metallic, Volvo plant eine Neuauflage!), Mercedes, Audi, mit oder ohne Achtzylinder-Motor: Die Fahrer dieser Autos haben gelernt, Verantwortung zu übernehmen. Sie bewahren immer die überlebenswichtigen Dinge im Auto auf, sind reisefreundliche, souveräne Autofahrer, stehen über den Dingen. Bewahren auch bei kleinen Blechschäden die Ruhe.

5. Golffahrer: Ununterscheidbare Typen, die sich als Modernisten sehen, aber eigentlich nur zur Florian-Illies-Mainstream-Popper-Generation gehören. Auch wenn sie mittlerweile fast vierzig sind. Gehen deshalb auch ungerührt in Tex-Mex-Restaurants. Empfinden Autofahren als unangenehm, schätzen deshalb die Kombination aus Sicherheit und Traditionsbewusstsein. Haben immer eine gepackte Sporttasche auf dem Rücksitz. Tragen zwar gebügelte Hemden (Mami?), aber keine Bügelfalte in der Hose. Genauso unentschieden im Musikgeschmack. Hören immer noch Simple Minds und Genesis. Aber mit CD-Wechsler.

6. Cabriofahrer: Wären eigentlich lieber eine Frau. Kein Mann sieht in einem Cabrio, egal, welchen Modells, überzeugend aus (Ausnahme: Mailänder, bei denen geht das komischerweise). Auch Limousinen kommen besser ohne Stoffverdeck aus. Kluge Männer wünschen spätestens in dem Moment, wenn sie sich mit 230 Sachen auf der Autobahn überschlagen, ein anständiges Dach über dem Kopf. Außerdem sind Cabriofahrer indiskrete Typen. Sie lassen die ganze Welt an ihrem schlechten Musikgeschmack teilhaben. Oder auch nicht, was noch schlimmer ist. Definitiv Exhibitionisten, die kein Problem damit haben, wenn die Welt ungestört Einblick in ihr privates Cockpit hat. Und sich von Zeit zu Zeit aus dem Wagen nimmt, was ihr gefällt.

7. Oldtimer: Nostalgiker mit Stil, ist aber nie der Erste in der Zielgeraden. Schläft in der Garage. Heult, wenn hochfliegende Kiesel seine Weißwandreifen zerkratzen. Totaler Retrotyp, freut sich über einen von Damenhand gut sortierten Picknickkorb. Hört gute Musik, spielt gern den Gastgeber und ist immer auf der Suche nach dem perfekten Ambiente. Hat Verständnis für ihre Verkleidungsspiele.

Männer lieben Autos. Sie können sich zwischen Ölleitungen und Kolben komplett verlieren. Jedes Kind weiß, wie viel größer sich männliche Geschlechtsorgane in bestimmten Automodellen anfühlen können. Das ist schön, für den Fahrer genauso wie für seine weibliche Begleitung. Denn was kann sie sich Schöneres wünschen, als neben jemandem zu sitzen, der über alles liebt, was er tut? Der sich in jeder Kurve darauf freut, die Kupplung sanft zu treten, das Gas sachte kommenzulassen und dabei so zärtlich einen Gang zurückzuschalten, als würde er einen Säugling umbetten? Der zu einer körperlichen Einheit mit der Technik verschmilzt als lebendes Accessoire im Cockpit?

Bei ihrem ersten Date zu dritt, mit ihm und seinem Auto, wird eine Lady spüren, dass dieses Auto von nun an für eine ungewisse Zeit für sie ein zweites Zuhause sein wird. An diesem Ort wird sie immer die Missus sein und er der Mister.

Er ist losgefahren. Sie schlägt ihre nackten Beine übereinander, ihr dünner Rock rutscht dabei etwas hoch. Sie lehnt sich zurück, sieht ihn von der Seite an, mustert ihn genau. Ein entscheidender Moment. Ist sie zufrieden mit dem, was sie sieht, wird sie eine Zigarette anzünden, die er sich wortlos greifen wird. Sie nimmt eine neue Zigarette und gibt sich wieder Feuer. Beide nehmen tiefe Züge. Wenn er das nächste Mal schaltet, rutscht seine rechte Hand auf ihren Oberschenkel.

Was kann es für eine Frau Schöneres geben, als neben dem Piloten im Cockpit zu sitzen?

Eine Liste der sexiesten Cockpits, an denen man sich nicht sattsehen kann:

1. Aston Martin DB 5 (James-Bond-Karre)
2. Ford Mustang Fastback

3. Bentley Blower 4,2 Liter
4. Maserati Ghibli
5. Ferrari 250 GTB
6. VW Käfer 1200
7. Corvette 59
8. Porsche 356 Carrera.

Wie soll das Leben eines Mannes, der sich diesem Spaß nicht hingibt oder hingeben darf oder nicht weiß, dass es diese Sorte Spaß frei verkäuflich gibt, jemals glücklich verlaufen? Wie kann ein Mann in die peinliche Situation geraten, keinen Führerschein zu besitzen?

1. Er hat ihn einfach nie gemacht. Desasterstufe 1.
2. Verlust durch die Staatsgewalt. Kann er wieder in Ordnung bringen. Es sei denn, es fehlt ihm das Geld und/oder die Energie. DS 2.
3. Er ist zu faul, um selbst zu fahren. Deshalb hat er kein Auto. Fährt aber gern bei ihr mit. DS 1 plus.

Wie soll das laufen, wenn er eines Tages auf eine Frau trifft, die sehr wohl und womöglich auch noch sehr gut Auto fährt? Die ihren Wagen als das ansieht, was er für sie ist: ein wunderbares Accessoire. Wie eine sehr schöne Handtasche. Er wird sich auf den Beifahrersitz plumpsen lassen wie ein Elefant in ein Barbie-Penthouse. Egal, welches Modell sie fährt, er wird neben ihr immer wie dieser Elefant sein. Er wird dabei zusehen, wie sie auf den Verkehr Acht gibt, nach Parkplätzen Ausschau hält, die Musik lauter dreht, eine Kassette einlegt (Frauen hören im Auto Kassetten, die ihnen verliebte Männer aufgenommen haben, als das noch üblich war) und womöglich ihre Hand beruhigend auf sein Knie legt. Mit Sicherheit hat er auch noch ein paar wohlmeinende Ratschläge parat. Etwa:

»Du musst früher runterschalten.«

Oder: »Das ist ein Umweg, bieg da vorn ab.«

Seine Ratschläge kann er sich sparen. Er sollte die Klappe halten. Denn sein Platz ist ein billiger, seit er ihn mit seinem Hintern warm hält. Sehr bald wird sie das Gefühl haben, die Fahrerin eines Behindertentransports zu sein. Und das ist kein gutes Gefühl, oder? Nein, das kann nicht gut gehen.

Es gibt nur eine Situation, in der ein Mann auf dem Beifahrersitz eine gute Figur macht: wenn er sturzbetrunken ist und sie ihn in seinem schwer lenkbaren Sportwagen nach Hause fährt. Bei dieser Gelegenheit darf er sogar etwas sagen, zum Beispiel: »Du siehst so gut aus in meinem Austin Healey, eigentlich müsste ich dich sofort heiraten.« (Siehe auch Kapitel *Alkohol.*)

Grace Kelly wusste in *Über den Dächern von Nizza* über all dies gut Bescheid. Um Cary Grant für einen gemeinsamen Ausflug mit Picknick zu begeistern, muss sie sich für ihre Verhältnisse ganz schön ins Zeug legen. Sobald sie ihn dahin gebracht hat, wo sie ihn haben wollte, nämlich sie zu küssen, rutscht sie zur Seite und überlässt ihm das Steuer. Und alles ist wieder an seinem Platz: der Mann hinter dem Steuer und neben ihm eine schöne Frau. Sein Arm ruht über ihren Schultern auf der Beifahrerlehne.

Babys

Ich wüsste nicht, was ich da soll.

Maximilian Lenz

Ein Mann ist froh und dankbar, dass die Natur ihm den bequemeren Part bei der Fortpflanzung zugedacht hat – den des Samenspenders. Von allem anderen – Schwangerschaft, Geburt und Babybetreuung – bleibt er verschont. Als Ausgleich hilft er bei der Aufzucht der Jungen, beschafft Nahrung und bemüht sich, ein gutes männliches Vorbild abzugeben.

Mit der Entbindung selbst hat er nichts zu tun, auch nicht als Zaungast. Deshalb lässt er sich weder von der Gebärenden noch von sonst irgendjemandem einreden, dass es sinnvoll sei, bei der Geburt seines Kindes persönlich anwesend zu sein.

Wenn sie ihn fragt: »Du kommst aber schon mit, oder?«, antwortet er: »Nö.«

Und dabei bleibt er auch. Ein Mann ist so klug, sich und seiner Frau diese entwürdigende Situation zu ersparen.

Nur die Susi tut brav, was sich ein paar durchgeknallte Emanzen unter Einfluss von Absinth bei Vollmond ausgedacht haben. Die Susi traut sich nicht, gegen Sieglinde aufzumucken. Also geht er mit und ist nach der Erfahrung vollkommen traumatisiert. Zu Recht.

Es gibt Dinge, die sind einfach nicht für die Öffentlichkeit bestimmt. Sonst wären bei jeder Operation immer Freunde und Verwandte des Patienten dabei. Und eine Geburt ist im Zweifelsfall blutiger und brutaler als eine harmlose Blinddarmoperation.

Stellen wir uns vor, Frauen müssten bei Kastrationen mithelfen, weil es die Mode so verlangt. Diese Frauen würden Selbsthilfegruppen gründen. Ganz sicher.

Aber wo dürfen sich die Männer in Gruppen zusammenrotten, um die Erinnerung an die Geburt ihres Kindes gemeinsam zu verarbeiten?

Der Mann muss sagen: »Es war eine wunderschöne Erfahrung.«

Nach dieser wunderschönen Erfahrung wird jeder Mann, es sei denn, er ist Metzger oder Gynäkologe, beim Anblick des Unterleibes seiner Missus nicht mehr »Porno«, sondern nur noch »*Alien*, Teil 1« denken. Und naturgemäß auch keine besonderen Gelüste auf diese Frau mehr verspüren.

Ein Mann weigert sich, das mitzumachen. Er lässt sich weder von Ärzten noch Hebammen einreden, er wäre gefühlskalt. Er wartet, bis seine Frau und sein Baby gewaschen auf weißen Spitzenkissen liegen und bereit sind für das erste Foto. Dann kommt er dazu, bringt Blumen und Brillanten und nimmt sein in saubere Windeln gewickeltes Kind in den Arm.

Vom ganzen Horror der Geburt hat er keine Ahnung. Und das ist gut so.

Ein Mann kann bei der Entbindung sowieso nicht helfen. Arzt, Hebamme und Krankenschwester werden dafür sorgen, dass es Mutter und Kind gut geht. Ihn braucht in dieser Situation kein Mensch. Ganz im Gegenteil: Er würde mit seiner Anwesenheit das restliche Leben von mindestens drei Personen ruinieren.

Niemand, der noch nie bei einer Geburt dabei war, weiß, was da wirklich vor sich geht. Und die, die es wissen, schweigen vornehm und tun so, als wäre es die »natürlichste Sache der Welt«. Das mag sein. Aber selbst bei den natürlichsten Sachen der Welt muss nicht jeder zusehen, schon gar nicht der eigene Mann.

Ist er nicht dabei, verliert sie bei der Geburt auch nicht ihre Würde. Es ist einfach ihre Sache. Und die Zeugen werden auch schweigen. Sie wird weder Arzt noch Krankenschwester kaum jemals wieder treffen.

Eine Hebamme erkennt eine frühere Patientin wieder und spricht sie an:

»Wissen Sie noch, wie Sie sich damals noch auf der Trage so schrecklich übergeben haben? Sie hatten, kurz bevor die Wehen einsetzten, gefüllten Wolfsbarsch gegessen. Den hatten Sie nicht richtig gekaut, alles war voll mit diesen großen Wolfsbarschstücken und Gemüse. Aber Sie waren ja nackt, da war das ja alles halb so schlimm, haha. Und der Einlauf… Ihr Darm hat sich ja bei den Presswehen noch einmal richtig entleert. Direkt in die Hände Ihres Mannes! Ach, er ist gar nicht mehr Ihr Mann? Das tut mir aber Leid!«

Deshalb macht ein Mann diesen Unfug nicht mit. Was er nicht gesehen hat, hat er nicht gesehen.

Zum Glück sind Menschen nicht wie Katzen. Die fressen nämlich ihre Nachgeburt auf.

1. Ein Mann freut sich über jedes Kind. Je größer die Sippe, desto besser.
2. Er überhäuft sie nach der Schwangerschaft mit aufwändigen Geschenken. Schmuckstücke der oberen Preisklasse sind die Favoriten. Aber auch Häuser werden gern genommen.
3. Er ist stolz auf seine Brut und zeigt sie gern her. Aber er wechselt keine Windeln.
4. Er übernimmt bei Abtreibungen nur den finanziellen Part.
5. Er hat immer eine gute Ausrede, wenn er von Freunden als Patenonkel begehrt wird. Er sagt, er geht bald auf Weltreise und kann dem Kind so nicht beim Aufwachsen zusehen.

Dating

I fuck you anyway …

Dave Peryer

Wenn sich genug Hormone im Körper eines Mannes angesammelt haben, ist die Zeit reif für ein Rendezvous mit einer Lady.

Unter Idee und Ausführung dürfen allerdings nur sein Copyright stehen, nicht ihres. Sonst gilt es nicht.

Ein Mann, der darauf wartet, ja sogar froh ist, dass ihm die gefährlichen ersten Schritte von einer Frau abgenommen werden, ist eigentlich eine Frau. Hinterher sagen diese Luschen, dass sie nur auf ein Zeichen von ihr gewartet hätten, und tun so, als hätten sie die Sache selbst eingefädelt.

Ein Date ist nur dann ein Date, wenn der Mann die Frau danach fragt.

Etwa so: »Wann gehen wir mal zusammen essen?«

Oder so: »Wollen wir morgen zusammen Kaffee trinken?«

In beiden Fällen wissen die Beteiligten, dass niemand Hunger oder Kaffeedurst hat. Trotzdem wird jeder so tun, als wäre das ein ganz harmloser Vorschlag.

So sitzen sich die beiden dann ungewöhnlich gepflegt (er scharf wie ein Sashimi-Messer aus einer Tokioter Garküche, sie aufgestrapst über beide Ohren, als wäre morgen das Jüngste Gericht) in einem etwas sterilen Lokal todernst gegenüber, stellen sich lächerlich harmlose Fragen und geben sich darauf mehr oder weniger verlogene Antworten.

Sie interessieren sich beide weder für das Gefragte noch für die Antworten. Aber sie können sich nicht über das unterhalten, was sie sich am liebsten wirklich sagen würden.

Zum Beispiel er: »Aufregend, ich vibriere so, schnell noch zehn Liter Wodka, du siehst aus wie die Alte in dem Krankenhaus-Porno.«

Zum Beispiel sie: »Ob ich dir nachher im Taxi einen blase?«

Ein Mann sieht ihr so was natürlich an der Nasenspitze an, lächelt sanft und hört ihrer ausführlichen Geschichte zu, wie sie in Spanien eine angefahrene Katze gesund gepflegt hat. Er denkt sich auch hier: Der Weg ist das Ziel.

Er weiß, die Würfel fallen schon beim ersten gemeinsam verbrachten Abend. Wenn er zulässt, dass sie an diesem Abend die Hosen anzieht, wird sie diese immer anbehalten. Und er steht im Rock da – in einem Rock, der ihm auch noch zu kurz ist und unter dem seine unrasierten Beine hervorlugen. Deshalb geht ein Mann nie unvorbereitet in ein Date. Profis müssen sich allerdings nicht vorbereiten. Profi-Dater schütteln Dates zu jeder Jahreszeit entspannt aus dem Ärmel ihrer gut sitzenden Jacketts.

Jedem Mann ist bewusst, dass eine Frau einen Mann bei dem kleinsten Verstoß gegen die internationalen Datinggesetze sofort in die berühmte Todes-Schublade steckt, in der er langsam sterben wird.

1. Ein Mann fragt eine Frau niemals, wo sie gern hingehen würde. Er organisiert alles so, dass sie sich ganz und gar auf ihr Posing konzentrieren kann. Wenn sie vor lauter Poserei vergisst zu sprechen, stößt er sie an und sagt: »He, Konzentration!«
2. Er führt sie natürlich nur an Plätze, wo er sicheren Boden unter den Füßen hat (deshalb fragt er sie ja auch nicht, wo sie hingehen möchte. Angenommen, sie sagt: »Ich würde gern libanesisch essen«, aber er spürt noch seine Beiruter Diarrhöe in den Knochen und geht mit ihr in die beste Pommesbude in Town, dann landet er schon in besagter Todesschublade. Sie hatte sich doch etwas anderes gewünscht. Deshalb fragt er erst gar nicht).
3. Er holt sie ab und bringt sie auch wieder nach Hause. Am besten mit dem Taxi, erstens, um ihrer beider Leben nicht zu gefährden, zweitens, um die Hände frei zu haben.
4. Er macht ihr sofort, wenn er sie sieht, ein Kompliment. Idealerweise ein zweigeteiltes: Outfit/Figur.
5. Er verlangt nicht, dass sie das Kompliment zurückgibt, etwa in der Art: »Krieg ich auch ein Kompli-

ment?« Wenn sie cool ist, wird sie dann angewidert sagen: »Nö, wieso denn?« Wenn sie sich stattdessen schnell ein Kompliment für ihn überlegt, wird sie für immer Mami spielen müssen: » Ja, Schatz. Mami findet dich auch ganz hübsch.« Nur Luschen verlangen das.

6. Er öffnet ihr – selbstverständlich – alle Türen und läuft auch bei Regen um das Taxi herum. Niemals lässt er sie zähneklappernd auf der Straße stehen, um sich vom Fahrer eine Quittung über 7,50 Euro ausstellen zu lassen. Sonst: Todesschublade.
7. Er bestellt Getränke in ausreichenden Mengen und in Flaschen. Soll sie doch trinken, was sie will.
8. Wenn die Rechnung kommt, fragt er nicht: »Wollen wir teilen?« Er erlaubt auch sonst nicht, dass sie ihren Geldbeutel zückt. Wenn sie nach dem Essen in der Bar die Drinks zahlen will, sagt er nicht: » Okay, ich hab ja das Essen bezahlt.« Sonst muss Mami wieder stolz auf Burschi sein.
9. Er fängt nicht an zu monologisieren. Schon gar nicht über seinen Job. Erst recht nicht über seine Verflossenen. Wenn er zu einem Thema nichts zu sagen hat, lächelt er – und schweigt.
10. Er gibt ihr immer Feuer und sieht ihr dabei in die Augen. Wenn er selbst auch raucht, steckt er ihr eine Zigarette zwischen die Lippen. Das ist sexy.
11. Er küsst sie zum Abschied. Zum Abschied! Beim ersten Date wird keine Unterwäsche gezeigt. Sonst ist die Luft raus, und man muss woanders noch mal von vorne anfangen.

12. Er schickt hinterher keine SMS. Und er meldet sich frühestens nach drei Tagen wieder. Bis dahin hat sie ihre Fingernägel abgekaut.

Ein Mann, der beim Kennenlernen nicht den aktiven Part übernimmt, läuft Gefahr, als Beppo zu enden. Beppos sind Männer, die von Frauen in böser Absicht verliebt gemacht werden, um dann eine bestimmte Funktion zu erfüllen. Zum Beispiel die, den Exfreund der Lady eifersüchtig zu machen. Oder die des Wohnungsbeschaffers, weil sie nicht weiß, wo sie sonst wohnen soll. Oder die des Arbeitgebers, weil sie gerade keinen Job, kein Geld und keine Aufgabe hat. Oder die des Brückenbauers, weil sie sich eigentlich für seinen besten Freund interessiert. Oder die des Rachekatalysators, weil sie ihn einer Feindin wegnehmen will. Oder die des IT-Fachmanns, weil sie nicht weiß, wie sie ihren Rechner programmieren soll. Oder die des Pausenclowns, weil ihr einfach langweilig ist. Die Liste der Beppo-Möglichkeiten ist endlos.

Die Beppos verlieren immer, weil ihre Körper im Zustand der Verliebtheit zu viel Testosteron produzieren und das den Verstand außer Kraft setzt. Beppos können ihr Glück nicht fassen. Die Frauen, die sich einen Beppo halten, sind nämlich immer solche, an die sich der Mann von allein nie herangetraut hätte. Die Armen verfallen diesen Frauen dann komplett. Sie sind so überwältigt, dass sie für ihre tolle Lady zu Fuß nach Polen wandern würden, um sich auf der anderen Seite der Brücke von Arnheim von ihr einen Turban aufsetzen zu lassen und ihr auch noch Datteln aus der Hand zu essen.

99,9% dieser Geschichten nehmen kein gutes Ende.

Manche Beppos merken irgendwann, was los ist, und räumen erbost das Feld. Dann lecken sie eine Zeit lang ihre Wunden und suchen sich dann eine Missus, die sie auch unter Kontrolle haben. Das ist zwar langweilig, aber dafür schmerzfrei. Andere merken es nie. Das sind die so genannten Maso-Beppos.

Nur Idioten vertrauen einer Frau. Ein Mann, der sagt: »Ich vertraue meiner Frau voll und ganz«, meint eigentlich: »Ich will auf dem Sofa liegen und fernsehen. Lasst mich. Wird schon gut gehen.«

Es geht aber nicht gut.

Es kann sein, dass er Glück hat und die Hiobsbotschaften nicht bis zu seinem Sofa vordringen. Aber gut geht es bestimmt nicht (außer, die Lady wiegt hundert Kilo und hat nur ein Auge im Gesicht, dann hat er Glück gehabt, sozusagen).

Apropos Augen: Ein Mann lässt die Frau, auf die er ein Auge geworfen hat, nicht aus den Augen. Auch nicht, wenn sie schon seine Frau ist.

Ein Mann steht, wie ein Mann eben, an der Seite seiner Frau. Sonst ist das überhaupt nicht Bonnie und Clyde. Nur deshalb ist man ja auch mit jemandem zusammen. Essen kann man auch alleine. Eine Bank hingegen lässt sich nicht alleine ausrauben. Man braucht einen Komplizen. Deshalb wären Bonnie und Clyde auch nie getrennt zu einem Bankraub gefahren. Eine Party ist auch nichts anderes als ein Bankraub. Ein gutes Paar hat fast immer eine gemeinsame Mission. Erst bei einer solchen Mission merkt man, ob Mann die richtige Partnerin gefunden hat. Denn nicht jede ist zur Komplizin geeignet.

Nur Frauen von Luschen werden in der Öffentlichkeit ohne ihren Mister an ihrer Seite gesehen. Wie sieht das überhaupt aus? Und was sollen die Leute denken? Die Leute denken natürlich das, was jeder denkt: Der liebt sie ja gar nicht! Und sie denken: Ja, sind die überhaupt noch ein Paar?

Ein Mann, der nicht eifersüchtig ist, ist auch nicht verliebt. Und ein eifersüchtiger Mann lässt seine Lady nicht alleine dahin gehen, wo seine Feinde schon mit vibrierenden Barthaaren warten und lachen: »Ha! Der Idiot liegt zu Hause und ruht sich aus.« Denn da ist sie wieder, die Frau, die nicht *protected* ist (siehe auch Kapitel *Mut*). Sie ist frei. Sie kann tun und lassen, was sie will. So, als hätte sie gar keinen Mister, weder zu Hause noch sonst wo. Dafür haben andere Männer einen Riecher. Was im Kopf einer Lady vor sich geht, weiß allerdings niemand. Schon gar nicht die Lady selbst.

Nein, ein Mann lässt nicht zu, dass andere Männer ihre schmutzigen Finger an seiner Missus abwischen. Deshalb verlässt er seine Sofamulde und geht mit. Wenn er aus irgendwelchen Gründen nicht kann, dann bleibt sie eben auch zu Hause. Und Schluss.

Zu viel Aufmerksamkeit wiederum tötet die Aufregung. Seine und ihre. Ein Mann steht zwar wie eine Erektion neben ihr auf allen roten Teppichen dieser Welt, ihre Hand fest in seiner, aber er fängt nicht an zu heulen, wenn sie mal etwas allein erledigen möchte. Denn er weiß: Zu klare Verhältnisse sorgen in Nanosekunden für mönchshafte Langeweile. Und bei Langeweile kommen Frauen auf die komischsten Ideen. Auf wirklich sehr komische. Zum Beispiel auf die, ein Verhältnis mit dem Werkstattbesitzer anzufangen, der ihren Porsche getunt hat. Oder mit dem zwanzigjährigen griechischen Getränkelieferanten.

Deshalb schickt er ihr auch nicht ständig SMS mit solchen Inhalten: »Gehe gerade über den Gärtnerplatz. Was machst du?«, während sie im Büro sitzt. Oder: »Fahre jetzt nach Hause. Schlaf gut. Bis morgen«, während sie auf dem Getränkelieferanten sitzt.

Essen

Gutes Essen hält Leib und Seele zusammen.

Donald Duck

Es ist nicht nur die Liebe, die durch den Magen geht. Es ist das ganze Leben.

Wir alle müssen essen. Essen ist eines der ursprünglichsten Bedürfnisse des Menschen, das sich bisher allen Versuchen erfolgreich widersetzt hat, überflüssig gemacht zu werden.

Dennoch haben die meisten Menschen keine Ahnung vom Stellenwert des Essens für unser Leben.

Es ist die HiPP-Gläschen-Generation, die dank Tiefkühlkost und Fertiggerichten einfach vergessen hat, was Essen bedeutet.

Frauen unterliegen häufig dem Irrglauben, die Küche sei nicht die richtige Bühne für einen sexy Auftritt, Hantieren am Herd wirke altbacken und das Anfassen von pfannengerecht getötetem Tier habe eine nässende Hautkrankheit zur Folge.

Komplett falsch liegen sie, diese Damen. Die Küche ist sehr wohl der geeignete Platz für einen sexy Auftritt, wenn nicht sogar der allersexieste. Eine Frau, die selbstbewusst und selbstverständlich in der Küche hantiert, wirkt auf einen Mann anziehend, beruhigend und vertrauenerweckend.

Das lässt sich mit einem ganz einfachen Test manifestieren.

Ein Mann und eine Frau übernachten am selben Ort, also im selben Bett, also in derselben Wohnung, obwohl sie sich noch nicht so lange kennen. Sie kennen sich aber schon so gut, dass sie selbstverständlich zusammen Mahlzeiten einnehmen können. Es ist ein arbeitsfreier Tag, beide haben ausgeschlafen und wachen gut gelaunt auf.

Variante 1: Er hat Hunger. Sie auch. Sie sagt, sie habe nicht eingekauft, außerdem findet sie es schicker, rauszugehen, um einen Kaffee zu trinken. So schlägt sie vor, ein angesagtes Speiselokal in der Innenstadt, gern in der Shoppingmeile, zu besuchen. Eins von der Sorte, wo man den beliebten »International Brunch« einnehmen kann, der unter anderem Frühlingsrollen, Bircher Müsli und Club Sandwich beinhaltet. Dazu läuft die letzte CD-Compilation vom Hotel Costes in Paris.

Viele Leute, die man schon mal irgendwo gesehen hat, unterhalten sich, als wäre es das letzte Mal. Die Frauen tragen etwas zu enge Stretchoberteile, die in den Achseln kneifen, und dazu für die frühe Stunde viel zu grelles Make-up.

Am Nebentisch schmiert sich eine Gruppe euphorischer Kleinkinder Nutellabrote ins Gesicht. Es ist ganz schön hell draußen.

Variante 2: Sie hat Hunger. Er liegt noch mit dem Gesicht nach unten in ihren Kissen. Sie zieht sein zerknittertes Hemd aus leichter Kaschmirbaumwolle über ihren Roberto-Cavalli-Slip und geht in die Küche. Er wird wach, kommt hinterher, steht in Shorts vor ihr, kratzt sich am Bauch und fragt: Was machst du? Sie drückt ihm ein Glas frisch gepressten Orangensaft in die Hand, während sie eine Pfanne auf den Herd stellt, und sagt fröhlich:

»Ich brate uns jetzt mal ein Steak. Oder willst du keins?«

Wer, glauben Sie, hat gewonnen? Wer ist besser gelaunt? Und bei wem wird mit Sicherheit gern wieder übernachtet?

Sehr gut, zumindest Sie haben soweit alles verstanden.

Stellen Sie sich vor, der Kerl aus Variante 2 hätte zu seinem Oberhemd gesagt:

»Ach, Steak, nö, das ist doch ungesund, lass uns lieber ein Vital-Frühstück einnehmen. Ich esse so gut wie kein Fleisch mehr. Und Rote-Beete-Saft ist übrigens viel gesünder als Orange, die sind doch alle gespritzt.«

Wer ist da wohl gespritzt, fragt man sich.

Ein Mann ist, was er isst. Und das ist in der Tat gerne Fleisch.

Männer, die von Frauen zu Vegetariern gezüchtet wurden, geraten auch leicht in den Verdacht, heimlich Damenunterwäsche zu tragen. Nicht aus perversen Motiven, sondern weil die weißen Slips so gut sitzen und praktisch sind (siehe auch das Kapitel *Ausziehen*).

Aber wer in der Lage ist, Fleisch zu essen, hat noch lange nicht gewonnen.

Viele kleine Jungs essen nämlich kein Gemüse, keinen Salat, keine Beilagen, keine Suppe und nichts, was sich fremder anhört als Pommes rot-weiß, wie zum Beispiel Artischocken. Ihre Mütter verstehen das und geben ihnen nur das zu essen, was auch Räuber Hotzenplotz schmecken würde.

Später, wenn aus diesen kleinen Jungs dann ausgewachsene Weicheier geworden sind, gehen sie ihren Freundinnen mit ihrem Miracoli-Kosmos mächtig auf die Nerven.

Männer vom Miracoli-Kosmos machen Dinner-Dates mit Frauen aus, ohne auch nur ein einziges Restaurant zu kennen, das sie schätzen und in dem sie geschätzt werden. Da sie am liebsten das essen, was ihnen am leichtesten zwischen die Finger bzw. die Zähne kommt, haben sie sich auch nie über solche Dinge Gedanken gemacht.

Ein Platz, der es wert ist, mit einer Dame besucht zu werden, ist meist auch mit Geldausgeben verbunden. Auch darüber denken die Miracoli-Jungs nicht nach. Sie lieben es nur, sich sagen zu hören: »Süße, gehst du am Donnerstag mit mir essen?«

Dann erscheinen sie zur selbst initiierten Verabredung und sagen hilflos:

»Jetzt habe ich gar nicht gewusst, was du essen willst. Wo wollen wir denn hingehen?«

An dieser Stelle ist eigentlich schon alles verloren. Entweder wird die Frau die Initiative ergreifen und mit ihrem guten Namen dafür sorgen, dass sie noch um zwanzig Uhr an einem Donnerstagabend genau dort einen Tisch bekommt, wo sie sich einen wünscht.

Damit wäre sein Eigentor vor Anpfiff des Spiels geschossen. Und leider auch für alle Zeiten klar, wer von beiden die Hosen anhat. Und anbehalten wird.

Oder sie gehen, weil sie es auch nicht besser weiß und noch nie richtig zum Essen ausgeführt wurde, einfach irgendwohin. Wo er sich »Farfalle mit Kirschtomaten« und sie sich einen griechischen Salat bestellt. Zum Glück wird dort beides angeboten. Sie könnte sonst auch einen Fitness-Salat mit Putenstreifen und er eine Lasagne al forno essen. Dazu ein Bier und eine Weinschorle.

Ganz beliebig. Genauso beliebig wie dieses erste Dinner. Genauso beliebig wie ihre übrige Geschichte.

Der Fernseh-Sofa-Kurs ist bereits angesteuert. Wo die Pizzaschachteln sich stapeln. Er mit Schinken, sie mit Broccoli.

Es sind nun mal die Männer, die den direkten Bezug in der Nahrungskette herstellen. Sie haben damit angefangen, wilde Tiere zu töten, zu häuten und auf ein geeignetes Feuer zu legen. Wir Frauen haben es, so gut wir konnten, in eine essbare Form gebracht. So wurde früher gegessen. Das steckt in uns drin. Auch heute noch.

Ein Mann muss den Eindruck erwecken, dass er die essbaren von den weniger essbaren Tieren unterscheiden kann und mit Töten und Feuerlegen kein Problem hat. Er muss mit Nahrung selbstbewusst umgehen, sonst wirkt er auf Frauen wie die Sheba-Katze, die ihre Petersilie nicht mag und sich vor Mäusen ekelt. Und mit einer Katze, deren Futter aus der Katzenboutique geliefert wird, gehen noch nicht einmal Kakerlaken ins Bett.

1. Ein Mann kennt den Unterschied zwischen einem Steak und einem Kalbskotelett. Er weiß beides sowohl zu beschaffen als auch zuzubereiten.
2. Er bekommt keinen Nervenzusammenbruch, wenn er Zeuge wird, wie jemand ein totes Huhn zerlegt. Tiere zerlegen ist sein Steckenpferd.
3. Er besitzt folgende Gegenstände in seiner Küche: eine gusseiserne Pfanne mit Rillen, die auf dem gebratenen Fleisch schicke Streifen hinterlassen, zwei sehr scharfe Messer, ein schweres Brett, auf dem ein halber Laib Bauernbrot und ein prächtiges Stück Allgäuer Rauchfleisch Platz haben, sowie eine Pfeffermühle mit einem Peugeot-Laufwerk.
4. Seinen Kaffee kocht er mit einer von Irmscher getunten Kaffeemaschine.
5. Deshalb hat er auch immer Milch im Haus. Schwarz-Kaffee-Trinker sind übersäuerte Typen und riechen eklig aus dem Mund.

6. Folgende Gegenstände besitzt er auf keinen Fall: Messer mit Plastikgriffen, Alessi-Flaschenöffner, Kunstsoff-Sets, Fertig-Salatsoßen, ein Kochbuch von Jamie Oliver, eine Schürze, auf der »Chef« oder Schlimmeres steht. In der Küche ist man nämlich nicht lustig. Mit Essen sollten keine Witze gemacht werden.
7. Er darf freundschaftliche Beziehungen zu Marktfrauen pflegen. Wer Fleisch und Wurst abgepackt im Supermarktregal kauft, kauft dort auch seine Socken. Natürlich im Zehner-Pack.
8. Er muss sich ein wenig mit ausländischen Lebensmitteln auskennen. Wissen, dass *Foie gras* nichts mit Grünanlagen zu tun hat und *Sugo* kein Waschmittel ist.
9. Er kennt mindestens ein Restaurant, wo ihm die Speisekarte nicht wie ein Notenheft vorkommt. Er schlägt die Weinkarte nicht mit zittrigen Fingern auf, pfeift nicht durch die Zähne und sagt nicht: »Für mich nur ein Bier.« Auch wenn er Bier trinken will, sorgt er dafür, dass ausreichend Getränke in Flaschen auf dem Tisch stehen, egal, was und ob sie überhaupt etwas sagt. Wer Getränke glasweise bestellt, ist ein Kontrollfreak und zählt auch sonst alles nach.
10. Er muss ihr mit sanftem Nachdruck erklären können, dass »Bunuelo de Bacalao« keine Krakenfüße sind und ihr ganz bestimmt besser schmecken werden als die olle Dorade, die sie immer isst.
11. Er muss souverän mit dem Besteck umgehen kön-

nen, egal, ob ein Hummer, eine Wachtel oder schleimige Nudeln auf seinem Teller liegen. Bei Letzterem bedient er sich natürlich nur der Gabel. Nur Versager oder vor 1945 Geborene essen ihre Spaghetti mithilfe eines Löffels.

12. Er isst mehr als sie, bekommt keine Bauchschmerzen davon und übergibt sich auch nicht danach. Ständiges Aufstoßen ist nur Koalabären vorbehalten, bei denen riechen die Rülpser nach Eukalyptus.
13. Wenn sie kochend in der Küche steht, sieht er nie in die dampfenden Kochtöpfe und sagt »köchelköchel« oder »mjamm-mjamm-mjamm«.
14. Er kann mindestens fünf Gerichte zubereiten, ohne dabei die Fassung zu verlieren oder ständig seine Mutter anzurufen.
15. Er besteht nicht darauf, thailändisch essen zu gehen, wenn er sich in Spanien befindet, genauso wenig besteht er in Wien auf Sushi. Er kocht auch nicht am liebsten asiatisch und schon gar nicht in einem eigenen Wok. Vor Glasnudeln ekelt er sich genauso wie vor den lustfeindlichen magersüchtigen Frauen, die ihm solche vorsetzen.
16. Wenn er Hunger hat, wird er unausstehlich. Das hält so lange an, bis er etwas zu essen bekommt. Er gibt aber den wahren Grund, weshalb er plötzlich so schlechte Laune hat, nie zu.
17. Er hat immer etwas Essbares im Kühlschrank. Kühlschrankdürre ist asozial. Er denkt auch an ihre Lieblingsdrinks. Und wenn es Bananensaft ist.

Fußball

Eigentlich macht Fußball viel mehr Spaß,
wenn ein nölendes Mädchen daneben sitzt.

Marc Deininger

Ein Mann beherrscht mindestens eine Sportart aktiv. Und als Zuschauer verfolgt er begeistert Fußball, Formel Eins und Boxen – egal, ob von der Tribüne oder vor dem Bildschirm.

Ein perfektes Wochenende im Monat April könnte demnach folgendermaßen aussehen:

Freitag: pure Vorfreude

Samstag: tagsüber Qualifying, abends Bundesliga

Nachts: Übertragung des Boxkampfes, wo ein Bruder die Ehre des anderen Bruders wiederherstellt

Sonntag: mittags das Rennen. Danach die Highlights aus vergangenen Rennen, dem aktuellen Rennen und Informationen über bevorstehende Rennen. Und eine Sondersendung über einen verunglückten Helden. Nachmittags ein wichtiges Derby. Glückspilze haben natürlich Stadionkarten. Abends: die Zusammenfassung aller Ereignisse. Dann, um zwanzig Uhr fünfzehn als Zugabe, auch noch *Godzilla* auf Pro 7.

Da fallen dann auch schon vor lauter Aufregung und Bier die Augen zu.

Frauen sind zu diesen Events nur eingeschränkt willkommen. Wenn sie keinen Ärger machen und keine dummen Fragen stellen (»War das ein Elfmeter?«), können sie dabei sein. Ausnahme: ein Stadionbesuch. Da bleiben Männer lieber unter sich.

Nach einem wie eben geschilderten erfüllten Wochenende könnte sich im Leben des Mannes folgende Szene abspielen:

Er hatte einen schrecklichen Montag und ist froh, dass der Arbeitstag vorbei ist. Er freut sich auf einen ruhigen Abend, auf von einem jungen Albaner ohne Arbeitserlaubnis geliefertes warmes Abendessen und überlegt, ob er auf dem Heimweg noch in der Videothek vorbeifährt, um zwei DVDs auszuleihen. Aber Gesellschaft wäre ihm durchaus angenehm, also ruft er seine Missus an und fragt sie, was sie gerne sehen würde.

Zu seiner Überraschung vernehmen seine Ohren:

»Wieso unternehmen wir nicht was Schönes?«

»Wir können uns doch ganz gemütlich einen Film ansehen und dazu was zu essen bestellen. Ist das nicht schön?«

»Nicht schön genug«, lautet die Antwort, diesmal mit einer etwas angesägten Stimme. »Es ist Montag«, quäkt es weiter, »und ich muss mit dir vor dem Fernseher sitzen. Toll.«

Der Mann ist verwirrt. Was soll schlecht daran sein, an einem Montag fernzusehen? Schließlich haben sie das montags schon öfter gemacht. Der Vorschlag war an früheren Montagen sogar manchmal von ihr gekommen.

Das Telefonat bleibt ohne Ergebnis, der weitere Abend endet in Streit. Quasi ganz ungemütlich.

Dabei ist es doch so:

Männer haben folgende Leidenschaften, die sie vollkommen glücklich machen:

1. Fußball (es gibt sogar Männer, die laufen regelmäßig selbst dem Ball hinterher. In dem Fall Doppelpunkt)
2. Formel Eins
3. Eine Zusatzsportart. Z. B. Boxen, Skirennen, Tour de France.
4. Trinken. Ideale Ergänzung zu 1–3. Ohne gibt es kein gelungenes Spiel. Ausnahme: die neue Rennstrecke in Bahrain.

Frauen haben so etwas nicht. Das ist natürlich auf die Dauer, nach der Championsleague beispielsweise, Quell von Neid und Missgunst.

Es gibt für Frauen nichts Schlimmeres, als ständig diese männliche Erfülltheit mit Würde ertragen zu müssen, wenn sich für sie selbst nichts erfüllt.

Natürlich gibt es mittlerweile Frauen, die auch Fußball sehen, manche gehen sogar bei Minusgraden mit ins Stadion, um danach an einer Blasenentzündung zu sterben, oder rufen ihre Brüder an, um zu erfahren, wie der Start in Seoul war, wenn sie sich selbst gerade in einer anderen Zeitzone befinden.

Aber zum einen ist das niemals echte Leidenschaft. Das ist Mitläufertum. Frauen können das adrenalinpeitschende Glück niemals so empfinden wie Männer. Es ist eher so, dass sich Frauen gerne von Fußball beglückte Männer ansehen.

Barcelona, eine kleine Suite im Hotel Ritz. Es ist Juni, es ist heiß, in der Stadt toben sich seit Tagen musik- und auch sonst begeisterte Menschen im und um das Sonar-Festival aus. Amüsement-Spezialisten sind aus der ganzen Welt angereist, um ihr Können hier unter Beweis zu stellen. Außerdem ist noch EM, alle sehen ständig Fußball.

Auf dem großen Doppelbett der kleinen Suite liegt ein Pärchen, er trägt nur eine Jeans, sonst nichts. Sie, in einem khakifarbenen Minikleid, liegt gelangweilt neben ihm. Der Fernseher, der eigentlich zur Sitzgruppe gehört, steht jetzt vor dem Bett. Es läuft ein Spiel. Zwischen den beiden liegen ein voller Aschenbecher, zwei Schachteln Marlboro und eine Flasche Pfirsichsaft von Hero. Die Vorhänge sind zugezogen. Draußen ist es sehr hell. Vor dem Fenster surrt eine Klimaanlage.

Sie sind schon seit einer Woche in der Stadt, aber die meiste Zeit haben sie im Hotel verbracht. Ein zugegebenermaßen sehr hübsches Hotel, in dem schon spanische Politiker lebendig mit Edel-Prostituierten abgestiegen sind, um kurze Zeit später tot zum Hinterausgang hinausgetragen zu werden.

Wenn sie das Glück hat, das Ritz zu verlassen (durch den Haupteingang natürlich), etwa aus dem Grund, weil der *Caesars Salad* und die Club Sandwichs vom Room Service mittlerweile nur noch nach dem Konsum von unglaublichen Mengen Marihuanas zu ertragen sind, kichert sie:

»Vorsichtig verlässt das korrupte Paar das Hotel.«

Und dann schleichen sie die langen Flure mit den gemusterten Teppichen entlang, gehen die Treppe hinunter, an der für ein Haus dieser Klasse ungewöhnlich bescheidenen Rezeption vorbei, um dann die warme Luft an der *Passeig de Gracia* einzuatmen.

Kurz darauf sitzen sie statt in einer schicken Bar, in der es um *Cava* und *Serrano* geht, in einer dunklen Bodega, in der lauter Spanier vor großen Bechern mit *Cerveza* auf braunen Wachstischtüchern sitzen und mit einer Mischung aus Konzentration und Gebrüll Spiele in einem kleinen, an der Decke montierten Fernseher verfolgen.

Sie macht das alles mit, ohne zu klagen. Das heißt, sie beklagt sich schon, für ihre Verhältnisse aber eben wenig. Seine Freunde, die auch in der Stadt sind, aber in einem anderen Hotel wohnen, haben ihr vorbildliches Benehmen bereits mehrmals lobend erwähnt.

In diesem Moment aber liegt sie, wie jeden Tag, neben ihm auf dem Doppelbett, anstatt am Strand zu liegen oder sich mit ein paar Schweden an der *Plaza Real* zu treffen. Es ist eben ihr Pech, dass gerade EM ist, denkt sie. Und ihretwegen auf wichtige Spiele zu verzichten, nein, das würde ihn nervös machen.

Sie würde für alle Zeiten als Spielverderberin auf der schwarzen Männer-Reise-Liste stehen. Die Spielernamen, die der Kommentator aufgeregt nennt, enden alle mit »cicic«, irgendwie kommt ihr das bekannt vor. Als das sechste Tor der Holländer gegen Jugoslawien fällt, fällt bei ihr der Groschen.

»Sag mal, haben wir das Spiel nicht schon mal gesehen?«

Das konnte nicht sein.

»Ja, das ist das Viertelfinale Jugoslawien gegen Holland von vorgestern.«

»Wieso läuft das noch mal?«

»Wiederholung.«

»Wir sehen eine Wiederholung? WARUM???«

»Manche Spiele sind eben so gut, die kann man gar nicht oft genug sehen.«

Sie nimmt das Kissen und schlägt ihm damit heftig auf den Kopf.

»Du spinnst! Wir sind in Barcelona, und du siehst dir im Hotel Wiederholungen an!«

Tja, das kommt davon, wenn man keine Ahnung hat.

Zum anderen gehören Frauen auch nie richtig dazu. Sie werden höchstens geduldet. Zwei Männer können sich sofort über den Fußball verbrüdern. Ein Mann mit einer Frau kann das nicht, auch wenn sie sonst noch so viel gemeinsam haben. Wohingegen ein Bankdirektor sich eine Stunde mit einem Dachdecker über den FC Bayern unterhalten kann und danach über ihn sagen wird: »Netter Kerl.«

Es gibt nichts, was für Frauen ähnlich erfüllend wäre wie Fußball für Männer.

Bei einer groß angelegten Umfrage zu diesem Thema wurde den Männern folgende Frage gestellt:

»Ihr habt Fußball. Was hat auf Frauen dieselbe stimulierende und erfüllende Wirkung wie Fußball auf euch Männer?«

Die Antwort war unisono: »Shopping.«

Das ist falsch! Das ist eine Unverschämtheit. Das lässt sich überhaupt nicht vergleichen.

Fußball vollzieht Bindungen über alle Gesellschaftsschichten hinweg. Er vermittelt ein Gefühl der Gemeinsamkeit, es geht um Teams, ums Gewinnen. Zwei Männer, deren Herz für dasselbe Team schlägt, sind grundsätzlich Freunde.

Was, bitte, ist dagegen schon shoppen?

Stellen Sie sich eine Frau vor, die in einem Klamottengeschäft zu einer anderen sagt:

»Hey, du hast dasselbe grüne Chiffon-Oberteil von Stella McCartney gekauft wie ich!« Und dann fallen sich die beiden Chiffon-Frauen noch im Geschäft in die Arme und gehen, weil sie sich beide dasselbe Oberteil gekauft haben, sehr viel Bier zusammen trinken.

Und wenn sie dann richtig betrunken sind und sich darüber in Rage geredet haben, ob Stella McCartney oder Phoebe Philo die bessere Kollektion bei Chloé entworfen hat, torkeln sie mit dem Oberteil in der Tüte nach Hause, Stunden zu spät, aber glücklich, überall auf der Welt so viele Schwestern im Geiste zu wissen.

Auf die Frage ihres Misters, wo sie denn in dem Zustand herkämen, lallen sie: »Ich hab da so'n Mädchen getroffen, die hat sich dasselbe Oberteil gekauft wie ich, du weißt schon, von Stella, da sind wir erst mal einen trinken gegangen.«

Die bittere Wahrheit ist: In dem Moment, in dem das Chiffon-Oberteil in einer Tüte aus dem Geschäft getragen wird, ist der Kick vorbei.

Außerdem kann man nicht den ganzen Samstag mit einer Horde von brüllenden Biertrinkerinnen in einer Jil-Sander-Boutique verbringen.

Aber lustig wäre das schon. Die Jil-Sander-Filiale in der Maximiliansstraße in München ist da sehr zu empfehlen.

Zwei Ladys sitzen in einem Taxi und sind auf dem Weg zu Freunden, wo sie sich gemeinsam das Rückspiel von Real Madrid gegen den FC Bayern ansehen wollen. Sie wurden im Büro aufgehalten, das Spiel hat schon begonnen. Aber der Taxifahrer hört es sich im Radio an, die Ladys können mithören. Der Fußballkommentator schreit aufgeregt. Eine der Ladys fängt plötzlich an, ihre sorgfältig manikürten Fingernägel zu kauen.

»Was machst du da! Du hast doch erst heute Mittag siebzig Maniküre-Euro bei Gülbin gelassen!«, schreit die andere entsetzt. Sie hatten sich ein paar Stunden zuvor eine Mani/Pedi/Tratsch-Pause gegönnt.

»'tschuldige, aber es ist so aufregend«, stöhnt die andere und streicht sich eine Haarsträhne aus der verschwitzten Stirn, klemmt sich eine Hand zwischen ihre Oberschenkel (eine typische Geste von Nagelkauerinnen) und kaut sich an der anderen Hand den Nagellack Nr. 08 (*Rouge Pirate*) von Chanel herunter.

So etwas gibt es nicht. Und wenn doch, dann sind diese Damen die weiblichen Pendants zu den Susis, die wiederum von diesem Spiel überhaupt nichts mitbekommen haben und mit einer Frau im Kino sitzen, um einen indischen Hochzeitsfilm zu sehen.

Susis werden nicht angerufen, weder von anderen Susis noch von Männern, die in ihren Wohnungen Fußballpartys geben. Sie bleiben wieder mal allein und können sich in die Bars setzen, in denen nur solche Frauen sind, für die an diesem Abend kein Mann Zeit hat. Es sind nämlich ganz bestimmte Frauen, die den Susis heute Abend zur Verfügung stehen. Die, die keinen einzigen Abend der Woche ohne Verabredung sein können. Die auch an solchen Spiel-der-Spiele-Abenden in Bars gehen und sich dann verwundert fragen:

»Komisch, was ist denn hier los? So leer?«

»Fußball«, sagt der Kellner verbittert, weil er arbeiten muss und das Spiel nicht sehen kann.

»Ach so.«

Dann kurze Pause.

Und dann: »Wie lange geht denn das?«

Schlaue Ladys bleiben an diesen Abenden mit ihren Freundinnen zu Hause, denn sie wissen: Heute sitzen in allen Bars nur Susis. Alle anderen sehen Fußball.

Manche der schlauen Ladys kochen nachmittags noch einen Riesentopf mit einem perfekten Bolognese-Sugo, bevor sie die Wohnung ihren Männern überlassen und zu ihren Freundinnen verschwinden. So was wird einem von den Fußballgästen hoch angerechnet.

Zur Entschädigung dafür, dass ihre Hirnanhangdrüse keine Euphoriehormone produzieren konnte, fährt der vom Fußball beglückte Mann am kommenden Wochenende mit ihr zum Speed-Shoppen nach Mailand. Das ist immer noch besser, auch für seinen Seelenfrieden, als nichts zu tun oder gemütlich DVDs zu sehen.

So lange jedenfalls, bis sich irgendjemand ein weibliches Pendant zum Fußball einfallen lässt.

Geld

Geld ist das Endresultat von Arbeit.

Flavio Briatore

Ein Mann muss über Geld verfügen. Am besten über viel Geld. Er darf aber kein Wort darüber verlieren. Wirklich kein Wort.

Hat ein Mann kein oder nur wenig Geld, kann er seine ursprünglichen männlichen Urinstinkte (Jagen, Beschützen, Verhandeln) nicht ausleben. Er fühlt sich klein, schwach, unbedeutend. Andere Männer interessieren sich nicht für ihn. Er ist Teil der Susi-Gruppe mit kleinem Wagen, kleiner Wohnung, kleiner Welt. Denn ohne Geld kommt man, weder als Mann noch als Frau, nicht einmal bis zum Rand der Kaffeetasse, geschweige an den Rand der Erdscheibe.

Frauen haben wenigstens die Möglichkeit, Männer mit Geld für ihre Zwecke zu nutzen. Aber auf die Dauer ist das auch kein Leben. Denn der, der das Geld hat, ist immer der Chef. Den muss man aushalten können. Man muss immer nett zu ihm sein, sonst hört er auf zu zahlen.

Genau aus diesem Grund fällt die Möglichkeit, sich eine reiche Frau zu angeln, für Männer aus. Auch wenn es ein paar traurige Gestalten gibt, die sich in die finanzielle Obhut einer Frau begeben. Man erkennt diese Hard-Core-Susis an ihrem geduckten Gang, ihren hängenden Schultern, ihrem fahlen Teint und ihrer nicht vorhandenen Privatsphäre. Diese Kreaturen dürfen noch nicht einmal essen, was sie wollen oder wann sie wollen, geschweige denn mit anderen Männern Bier trinken und sich dabei die Baumwipfel ansehen. Die Chefin, nennen wir sie zum Spaß Sieglinde, bestimmt, was er mit wem zu tun hat, denn sie füttert ihn. Geschieht ihm recht, denn Faulheit kommt vor dem Fall.

Ein Mann, der kein Geld hat, ist also kein Chef, muss aber so tun, als wäre es für ihn in Ordnung, nichts erlegt zu haben, nichts bieten zu können und nichts zu erobern. Dabei ist es mehr als entwürdigend für ihn.

In Wahrheit ist er sehr unglücklich. Er fühlt sich wie eine Raubkatze, die sich von Dosenfutter ernähren muss. Wie erniedrigend für die arme Raubkatze, sie muss zum Napf gehen. Es liegen zwar keine schreienden Zebras darin, aber immerhin wird sie satt davon. Mehr will sie ja angeblich nicht. Die anderen Raubkatzen sehen gar nicht hin.

Fast alles, was Männern gute Laune macht, hat etwas mit Geld zu tun. Der, dessen Mittel limitiert sind, kann nicht mitspielen. Und das ist ab einem gewissen Alter einfach armselig.

In Sergio Leones Meisterwerk *Es war einmal in Amerika* wussten vier kleine Jungs schon sehr früh, dass es nur große Geldbeträge sein würden, die sie aus dem Elend der Lower East Side befreien könnten. Einer von ihnen sparte sich sein klägliches Taschengeld vom Munde ab, um es in ein phantastisches Sahnetörtchen zu investieren. Als er das kostbare Sahnetörtchen dem Putzmädchen schenkte, zog es sich für ihn nackt aus. Dadurch lernte er früh die einfache Formel:

Wohlstand = Brüste.

So einfach ist das.

Bitte merken:
Kleine Jungs spielen mit kleinen Booten/Autos/Flugzeugen/Fisher-Technik/Baumhäusern/Carrerabahnen usw., und große Jungs spielen mit großen Booten/Autos/Flugzeugen/HiTech/Landsitzen/Rennwagen usw.

Aber das sind teure Spieltriebe.

Ein Mann, der diesen Spieltrieben nicht nachgehen darf, ist artentfremded, degeneriert und völlig nutzlos. Echte Frauen brauchen diese Leute nicht, weil sie sich neben solchen verweichlichten Männern ähnlich weiblich wie eine Schlagbohr-Lesbe vorkommen. Die anderen Männer brauchen sie auch nicht, die Susis haben ja auch ihnen nichts zu bieten. Sie kommen noch nicht einmal für simple Rituale wie Tauschgeschäfte oder Verhandlungen infrage.

Susis wollen wegen anderer Qualitäten geschätzt werden. Etwa wegen ihrer Sensibilität. Ihrer Fähigkeit zuzuhören. Oder weil sie nicht schnarchen.

Also ist die Susi entweder
a) allein
b) bei Frauen, die auf sie aufpassen
c) bei anderen Susis.

»Was ist denn mit dem?«, möchte man sich fragen.

»Och, der braucht das alles nicht«, ist vielleicht die Antwort.

Ein Mann braucht das alles. Und zwar sofort, und viel davon. Er hat keine Zeit, darauf zu warten. Warten ist etwas, das sich nur Versager erlauben können.

1. Ein Mann zahlt immer bar. Kreditkarten sind spießig, genauso wie Geldbörsen, in denen die Scheine ordentlich sortiert sind. Keine Kreditkarten sind cooler als Kreditkarten. Deshalb trägt er sein Geld in Bündeln mit sich, ungezählt natürlich. Eine schlichte Geldklammer ist erlaubt.
2. Ein Mann hat immer ausreichend Cash bei sich. Und zwar genug, um ein Hotelzimmer der oberen Preisklasse zu bezahlen. Oder soll er sagen: »Oh, ich glaub, ich hab mein Portemonnaie vergessen. Kannst du mir zwanzig Euro leihen?«
3. Er spricht weder über seine Einnahmen noch über sein Vermögen. Er sagt nie: »2003 habe ich richtig viel Geld verdient, und 2004 werde ich noch mehr verdienen.« Oder: »Ich hab mir als Erstes ein fettes Bankkonto angelegt.« Er spricht darüber nicht, vor allem nicht zu Frauen.
4. Er jammert nie darüber, wie teuer seine Scheidung

war, dass er jetzt in eine andere Steuerklasse gerutscht ist oder dass er seiner letzten Freundin zwei Jahre alles bezahlt hat, bevor sie ihn für seinen Zahnarzt verließ. Er darf jammern, weil er seinen Zahnarzt verloren hat, aber nicht wegen des Geldes.

5. Wenn er mit Frauen in einem Lokal an einem Tisch sitzt, übernimmt er die ganze Zeche, ohne Aufhebens darum zu machen. Auch wenn er gar nicht mit ihnen verabredet war, eine von ihnen einen Buckel hat oder er sich für keine von ihnen oder nur für eine von ihnen interessiert. Nur für eine Dame zu zahlen und die anderen Ladys ihrem Schicksal zu überlassen heißt: Das kann ich mir gerade noch leisten, ohne mein Tageslimit zu sprengen.
6. Wenn er mit seinen Freunden ausgeht, übernimmt entweder immer abwechselnd einer von ihnen die Rechnung, oder alle werfen Geldbündel auf den Tisch. Nicht abgezählte Geldbündel. Das funktioniert unter Männern normalerweise problemlos. Keiner sagt: »Die sieben Euro fünfzig für Uwes Salat sind noch offen. Uwe, hast du noch acht Euro, das passt dann mit dem Trinkgeld.« Klar, dass Uwe einen Salat gegessen hat. Wahrscheinlich sogar mit Putenbruststreifen.
7. Er kennt das Ranking: Porschebesitzer, Yachtbesitzer, Privatjetbesitzer, Fußballclubbesitzer. Er weiß, dass man einen Privatjet-Besitzer niemals fragt, ob man mitfliegen darf. Hier ist ruhiges Warten ausnahmsweise geboten.
8. Er weiß: Geld hat eine sehr schöne Ausstrahlung.

Aber nur wer wirklich Geld hat, kann auch Geld ausstrahlen. Darüber zu reden, wann man wie viel ausgegeben hat, oder so zu tun als ob ist so, als würde eine Frau mit lichtem Haar, leichtem Bauchansatz und flachem Hintern über ihren tollen Körper sprechen. Das glauben dann auch nur Blinde. Deshalb sind Aufschneider auch meistens mit Leuten befreundet, die weder über Mittel noch über irgendeine Ahnung verfügen. Die sind für ein aufgeklapptes Cabriodach (siehe auch Kapitel *Autos*) gerne bereit, jedem alles zu glauben. Unter den Blinden ist der Einäugige König.

9. Er hat keine Angst. Denn wer Geld hat, muss sich nicht fürchten und nicht kriechen. Er muss niemandem gefallen müssen. Es ist immer die pure Existenzangst, die Menschen in buckelnde Versager verwandelt.
10. Er nennt keine Preise. Das ist Emporkömmlingen wie Dieter Bohlen vorbehalten. Die Konsumgüter in Herrn Bohlens Biographie sind sorgfältiger mit Preisen ausgezeichnet als ein Konservendosenregal in einem HL-Markt.
11. Er erwartet zwar wohlerzogenen Dank, aber keine Gegenleistung. Eine Gegenleistung zu erwarten ist Susiverhalten. Er will, dass alles klappt, seine Freunde sich amüsieren und seine Missus glücklich ist.
12. Ihm muss ein gut funktionierendes Netzwerk von Reisebüros, Delikatessenrestaurants, Bars, Anwaltskanzleien usw. zu Füßen liegen. Allein mit dem Er-

wähnen seines Namens können Dinge, zur Not die Welt, aus den Angeln gehoben werden.

13. Er weiß, dass er immer über größere finanzielle Mittel verfügen muss als seine Frau, sonst hängt alles in den Seilen, siehe oben. Er sagt auch nie: »Ich werde reich heiraten«, oder: »Die Frau ist ein Jackpot.«
14. Er gibt nie seinen Job auf, um in der Modefirma seiner Freundin ein klägliches Gehalt als Mädchen für alles zu beziehen. Er sagt nicht ständig: »Wir haben sehr viel in unserer Firma zu tun.«
15. Er weiß: Seine Frau darf schöner, klüger, berühmter, aber niemals reicher sein als er.
16. Er jammert nicht: »Sie will schon wieder neue Gartenmöbel. Sie meinte, wenn ich es mir nicht leisten kann, dann bringt sie sich mit ihrer Mutter alles aus Marrakesch mit. Sie gibt so viel unnötiges Geld aus, ich weiß nicht, wie ich mir das leisten soll bei meinem Gehalt.«
17. Egal, wie reich er ist – ein Mann legt dem ganzen Kram gegenüber eine Marie-Antoinette-mäßige Lässigkeit an den Tag.

All dies bedeutet nicht, dass Frauen nicht auch viel Geld brauchen. Natürlich müssen Frauen auch viel Geld haben. Nota bene: Nur eigenes Geld ist gutes Geld. Aber sie brauchen nicht ganz so viel davon, sie brauchen es ja nur für sich selbst. Und wenn sie doch mehr brauchen, können sie komischerweise ganz gut damit umgehen.

Geschenke

Meine Frau hat es verdient,
einen Nerzmantel zu besitzen.

Olaf Kramolowsky

Kleine Geschenke erhalten die Freundschaft. Große erst recht. Das sollte jeder Mann wissen.

Frauen, die in der Vorweihnachtszeit Sätze wie: »Einen Pelzmantel würde ich nie annehmen«, oder: »Ich mache mir nichts aus Schmuck« sagen, sind die Frauen von Susis.

Die Frauen von richtigen Männern hingegen sind käuflich.

Jeder Mann weiß, dass eine Frau die Erinnerung an ihren Mister am liebsten an ihrem Handgelenk trägt. Notfalls darf sie, die Erinnerung, auch an ihre Stereoanlage gestöpselt sein. Geschenke machen sowohl dem Beschenkten als auch dem Schenkenden Freude.

Ein schönes Geschenk muss nicht unbedingt Geld kosten. Komplimente zum Beispiel sind billig und effektiv. Außerdem sind sie wahre Stimmungsaufheller.

Ein Mann weiß: Wer es versteht, Komplimente zu machen, dem öffnen sich alle Türen. Es müssen natürlich die richtigen Komplimente sein, mit einfallslosen oder ungeschickt vorgebrachten kommt man nicht weiter. Deshalb lernt er schon früh, wie er sie am besten an die Frau bringt.

Ansonsten gilt: Wer häufig Geschenke macht, dem werden alle Wünsche erfüllt, über den wird gut gesprochen, der sorgt für gute Stimmung. Idealerweise macht er Geschenke nicht nur zu den üblichen Anlässen wie Weihnachten und Geburtstag. Er bringt sie immer mal wieder. Es müssen keineswegs immer romantische Geschenke sein, auch nützliche Mitbringsel verfehlen ihre Wirkung nicht, wie beispielsweise ein Barwagen, wenn sie gerade einen für ihre Hausbar braucht.

Dabei ist wichtig, kein großes Aufhebens um seine Gabe zu machen. Nur Susis sind wegen eines Geschenks aufgeregt.

Wenn er ihr Schmuck kauft, nimmt er zur Beratung eine ihrer Freundinnen mit. Wenn sie keine solchen Freundinnen hat, trennt er sich von ihr und sucht sich eine Frau mit solchen Freundinnen.

Uhren sucht er natürlich nur selbst aus. Genauso wie Autos. An Kleidung wagt er sich nur, wenn er ganz genau weiß, was ihr gefällt. Sich hier von Fremden beraten zu lassen ist komplett daneben.

Bei Kleidung muss alles perfekt sitzen, sonst wird es traurig.

Pelze kann er beim zweiten Anlauf sehr gut alleine kaufen. Beim ersten Mal macht er einen Fehler.

Ein Mann will, dass seine Frau läuft wie ein neuer V-8-Motor. Deshalb muss sie auch wie der Motor regelmäßig geölt werden. Dann läuft sie zuverlässig. Sicher kostet so ein Ölwechsel Geld. Genau wie die Werkstattrechnungen. Aber es macht einfach Spaß, so einen Spitzenmotor zu fahren. Eine gut geölte Frau hat ein ganz anderes Glitzern in den Augen als die Frauen, die nur einmal im Jahr ein Parfüm oder ein Buch geschenkt bekommen.

Andererseits sollte man die Geschenke von Männern in ihrer Bedeutung nicht überschätzen. Männer verschenken manchmal, einfach aus einer Laune heraus, sündteure Ringe von bekannten Goldschmieden, ohne sich dabei viel zu denken. Daher sollten Frauen bei der Gelegenheit nicht gleich denken:

»Oh, was will er mir damit sagen?«

Je öfter ein Mann Ringe schenkt, desto geringer ist ihr symbolischer Wert. Zwei Ringe, kurz nacheinander übergeben, sind weniger bedeutungsschwanger als ein einziger Ring.

Susis verschenken keine Ringe. Und wenn, dann nur billige. Dabei machen sie verkrampfte Gesichter. Susis haben nicht begriffen, dass jede Frau beim Anblick einer türkisfarbenen kleinen Schachtel mit weißer Schleife einfach durchdreht.

Mickrige Ringe bekommen nur zwölfjährige Mädchen geschenkt. Große Mädchen bekommen große Ringe, die haben sie auch verdient.

Einen Ring bei Tchibo oder Karstadt zu kaufen und sich dann bei Tiffany eine Schachtel dazu zu schnorren gilt nicht.

Ein Ring muss ein richtiges Statement sein. Einer, nach dem man sich erkundigt. Etwa so: »Oh, was ist das denn für ein Ring?«

»Ach, den hat mir mein Exfreund geschenkt.«

»Wow!«

Eine Frau wird einen geschenkten Ring, wenn er schön ist, immer tragen. Auch noch Jahre nach der Trennung. Ein Mann findet durchaus Gefallen an dieser Vorstellung, denn er weiß: Auf diese Weise kann er seine Spuren hinterlassen. Aber ein Mann erlaubt seiner Frau nicht, in seiner Anwesenheit Ringe von fremden Männern zu tragen.

Außer Ringen verschenkt ein Mann gern Handtaschen, zum Beispiel die *Birkin Bag* von Hermès oder die *Bowling Bag* von Chanel aus der Ligne Cambon, die in Deutschland kaum zu bekommen ist.

Er betritt dazu nicht die einzige Sado-Maso-Chanel-Filiale der Welt, welche sich in München befindet. Mit dem Höllenpersonal dieses Geschäfts will sich kein Mann abgeben. Er organisiert die Lieferung seiner Handtaschen stattdessen entspannt über das Büro eines guten Freundes in Paris.

Wenn die Paris-Tasche erst am vorgesehenen Handgelenk baumelt, hat er für mindestens vier Monate Ruhe. Er lebt wie im Paradies, darf monatelang unrasiert und barfuß mit einer Literflasche Moskovskaya im Wald schlafen. Für seine Missus ist die Welt in Ordnung. Sie hat ja ihre Handtasche. Und zwar aus Paris, wo die Verkäuferinnen nicht nur so aussehen, sondern sich auch so benehmen wie Debütantinnen einer höheren Töchterschule in Montreux.

Die Susi denkt so: Das ist mir zu schäbig. Ich kaufe mir doch keine Liebe. Das habe ich nicht nötig. Ich will um meiner selbst willen geliebt werden, nicht wegen meiner Geschenke.

Warum sollte sich auch jemand, der All-inclusive-Urlaub an der türkischen Adria macht und sich mit Mittelklassewagen-Fahrspaß begnügt, Wert auf eine zufriedene Missus legen? Sieglinde kauft sowieso bei Zara, wozu braucht sie dann das Schildchen »handgenäht« in ihrer Handtasche? Sie kann damit ohnehin nichts anfangen.

Die Susi verschenkt höchstens einen Rucksack, der ist praktisch.

Und überhaupt: Wer schläft schon gern im Wald?

Ein Mann behandelt seine Missus wie einen guten Kunden, Klienten oder Patienten.

Je zuvorkommender er sich verhält, desto länger bleibt er ihm erhalten. Leider ist es in Deutschland nicht üblich, Frauen zu verwöhnen und mit Luxus, der ihnen gut zu Gesichte steht, zu überhäufen.

Die Männer des Südens sind zum Glück anders. Für sie ist die Anschaffung eines Chinchilla-Jäckchens ebenso sinnvoll wie die eines Biturbo für ihren Maserati. Denn alle sollen wissen: Der kann sich nicht nur die Frau, sondern auch noch den Therapeuten dazu leisten.

Grillen

Ich grille die besten Steaks der Stadt.

Sembone

Grillen ist für Susis.

Ein Mann befriedigt seine archaischen Triebe, wenn er mit Feuer spielt. Also Feuer legt, Brand stiftet, Material dafür beschafft. Würstchengrillen hat damit nichts zu tun.

Echte Männer wissen das und kennen sich mit der Kunst des Feuerlegens – ja, es ist nämlich eine Kunst –, des richtigen Brennmaterials und des Garens so gut aus, dass man meinen könnte, sie hätten eine Spezial-Ausbildung bei einem Asador in Buenos Aires absolviert. Nur, um ihren Gästen stets zuverlässig außen knusprige, aber innen morgenrot-zarte Fleischberge zu kredenzen.

Dazu sollte das Grillgut aus mindestens drei cm dicken Fleischscheiben (idealerweise Entrecôte oder Ochsenkotelett) bestehen. Mehr Spaß am Feuer garantiert jedoch etwa eine kleine Baby-Sau oder ein zartes Lamm. Sind Lamm oder Sau außen knusprig und innen zart, werden sie auf einen Tisch gelegt und von den Männern im Team mit ihren scharfen Messern zer- und verteilt.

Die Frauen kümmern sich fröhlich um den Rest. Zum Beispiel sorgen sie dafür, dass alles hübsch aussieht und die Salate erst kurz vor dem Verspeisen mit Essig und Öl in Berührung kommen. Sie richten es so ein, dass jeder einen großen Teller, ein scharfes Messer und ein volles Glas hat. Sie kümmern sich um ein gutes Ambiente und damit verbunden um gute Stimmung.

Mit dem Fleisch aber haben sie an dieser Stelle (an späterer Stelle schon) nichts zu tun, weder mit der Beschaffung noch mit der Zubereitung und schon gar nicht mit der Verteilung. Der Mann war auf der Jagd, hat das Fleisch beschafft und somit das Recht, es zu verteilen.

Danach setzen sich alle zusammen an den Tisch und essen, zum Teil unter Einbeziehung ihrer Hände, von Riesenplatten die perfekt gegrillten Fleischstücke, die nach Fleisch und nach Holzkohle schmecken und nach sonst gar nichts.

Das sind die einen.

Die anderen, die von all dem noch nie etwas gehört haben, aber auch ihre archaischen Triebe befriedigen wollen, grillen mit Zange und Flaschensoße, so wie es im »Bruzzzler«-Würstchen-Werbespot gezeigt wird. In diesem Spot wird Hobbygrillern in ganz Deutschland direkt ans Herz gefasst. Ein männlicher Mensch in einem roten Polo-Shirt sitzt vor einem kleinen Grill und freut sich über seine Würstchen mit drei z aus reinem Hühnerfleisch.

Grillen ist das Feuerspiel-Substitut für den zivilisierten Campingmarkt-Liebhaber. Das funktioniert sogar bei modernen Männern, die aus praktischen oder weltanschaulichen Gründen Gas oder Elektrogrills (beispielsweise von der wohlklingenden Marke *Severin*) bevorzugen. Aber gegrillt ist ja bekanntlich gegrillt. Und das Geheimnis eines Grillabends, egal, ob in einem Garten, an einem Fluss oder auf einer Verkehrsinsel in Berlin, liegt darin, dass es doppelt so gut riecht, als es hinterher immer schmeckt.

Die, die sich nicht aktiv bei den Vorbereitungen in die erste Reihe stellen (Verlängerungsschnur, Würstchen, Senf), stellen sich spätestens beim Anblick einiger aufgeregter Geschlechtsgenossen hinten in die Reihe der Grillgruppe, nicht um Futter zu verteilen, sondern wegen des schönen Gefühls, einfach auch mal dabei zu sein.

Echte Männer wollen richtig kokeln und brandstiften. Die anderen: Hauptsache, es brennt ein bisschen was, und man steht daneben. Luschen grillen am liebsten auf Gas oder Strom, sie reden sich dann ein, es würde ihnen auch besser schmecken. Bruzzzler eben.

Das Grillgut ist von Berlin bis Augsburg im Bruzzzler-Kosmos immer dasselbe:

1. Nackenkotelett vom Schwein in würziger Marinade. Kann man direkt neben dem Grill aus der Folie schneiden.
2. Bratwürste. In Süddeutschland eher kleine Rostbratwürstchen aus dem Zwanziger-Pack. Für Ausgeflippte: Schneckenrolle.
3. Spare Ribs. Gibt's im Penny Markt fertig geräuchert. Mit der Barbecue-Soße wird es oft etwas zu salzig.

4. Maiskolben. Aus der Dose.
5. Hühnerschenkel. Immer die Großpackung. Liegen meist komplett ungewürzt auf dem Grill. Sind dafür nach einer Stunde außen wie aus Leder und innen noch roh. Essen aber sowieso nur Frauen, die, wenn alle satt sind, laut fragen: »Ist mein Hühnerbein fertig?«, um kurz darauf erstaunt zu rufen: »Oh, das ist ja noch ganz roh. Am Knochen. Iiih.«
6. Nur bei Luxus-Grill-Events: Vom Metzger eingelegtes Fleisch. Zum Beispiel ältere Lammfleischstücke oder halb vertrocknete Lende. Dieser Würzmischungsgeschmack kann Gräber öffnen.

Drumherum stehen Schüsseln mit seltsamen Mischungen, alle ähnlich, aber dann doch grundverschieden. Das Geheimnis ist, dass die Schüsseln aus unterschiedlichen Richtungen kommen, aber aus denselben Motiven entstanden sind.

Von folgenden Schüsseln kann man ausgehen:
1. Gemischter Salat. Aufgeweichte, schlaffe Blätter, Paprikaschnipsel, Mais, ausgeleierte Tomatenstücke, Thunfischmatsche. Beißender Essiggeschmack.
2. Kartoffelsalat. Norddeutschland: Kartoffelschnipsel in Mirakel Whip oder einfach in etwas Weißem aus dem Glas. Steht aber leider nicht mal »Heinz« drauf. In Süddeutschland könnte es besser laufen: Kartoffelsalat wird hier ohne Mayonnaise, dafür mit einem Dressing aus weißem Essig und Brühe gemacht. Aber das können nur die Freundinnen echter Män-

ner. Die schlagen auch schnell mal selbst aus einem Ei und Olivenöl eine erstklassige Mayonnaise. Die Freundinnen aus dem Bruzzzler-Kosmos können gar nichts. Sie produzieren höchstens leidenschaftslos und schlecht 1–5. Deshalb bringen die Susis den Kartoffelsalat in Eimern aus dem Supermarkt mit.

3. Nudelsalat. Immer dabei: Nudeln, Erbsen, Paprika, Mais, Mayo.
4. Tomatenfetzen, ertränkt in einem tiefen Essigsee, in dem sicher auch ein Monster wohnt. Das Tomatenmonster.
5. Oft in Berlin gesehen: Sesampaste, illegalerweise als Humus deklariert. Fiese Falle. Hier wird eine Dose Sesampaste mit einer Dose Manweißnichtwas verlängert. Schmeckt wie schlammfarbenes Verstopfungsmittel, aber das traut sich keiner zu sagen. Die Berlinerinnen sind nämlich superkrass. Deshalb ist Berlin auch die Stadt mit der größten Susi-Dichte.

Grillabende im großen Stil zu organisieren ist nicht schwer. Es erfordert nur ein bisschen Fingerspitzengefühl und Großzügigkeit. Und natürlich die Liebe zum Feuerlegen.

1. Ein Mann bereitet sein Fleisch auf Holzkohle oder auf Holz zu. Alles andere, auch Briketts, sind lediglich für ältere, allein stehende Damen in Vorstadt-Reiheneigenheimen gedacht.
2. Er kauft sein Fleisch selbst, eventuell schickt er den Fleischkäufer seines Vertrauens, aber niemals eine Frau. Er ist mit einem korrupten Metzger befreun-

det, der ihm jederzeit T-Bone-Steaks de luxe unter der Ladentheke verkauft, obwohl sie in Deutschland verboten sind.
3. Er kauft von allem ausreichend. Auch hier: nicht abgezählt.
4. Er würzt sein Fleisch mit Salz und Pfeffer. Ein Zweiglein Rosmarin ist schwul, aber erlaubt.
5. Sein Grill ist groß genug, damit für alle etwas auf dem Teller landet und auch alle gleichzeitig essen können.
6. Er verachtet Schaschlikspieße, Scampi, Schneckenwürste und Vegetarierinnen, die sich eine Kartoffel mitgebracht haben.
7. Er steht nur so lange am Feuer, bis das Fleisch perfekt ist und serviert wird. Er grillt »à point«, danach hört er auf und macht etwas anderes. Zum Beispiel Schnaps trinken und das Knie einer Frau streicheln.
8. Er trägt niemals eine lustige Schürze. Und schon gar nicht eine noch lustigere Mütze.

Vor vielen Jahren hat mal ein junger Mann jeden Donnerstag in München eine Party veranstaltet, die nannte er schlicht »House and Garden«. Im Garten eines Clubs wurde gegrillt, und dazu wurde House-Musik gehört, die einer oder mehrere der vielen befreundeten DJ's auflegten. Es gab genug zu Essen und zu Trinken, gegrillt wurden eimerweise Steaks. Der Grill war riesig. Der Veranstalter, dessen Nachname sich anhört wie ein Vorname, stand da die ersten Male persönlich und grillte sehr ernsthaft Rindfleischscheiben und Hühnerschenkel. Bei späteren »House and Garden«-Partys gab es sogar gegrilltes Gemüse als Beilage. Es wurde immer eine sehr lange Nacht, denn alle kamen, um sich dort zu amüsieren. An einem dieser Abende wurde sogar eine leckere Ecstasybowle verteilt. So ging es einen Donnerstag nach dem anderen, ein Sommer folgte dem nächsten.

Eines Abends kamen zwei gut gelaunte Mädchen zu einer dieser Grillpartys. Sie waren beide sehr dünn, sehr lustig und trugen Kaschmirkleidchen und Kelly-Bags von Hermès. Sie hatten beide sorgfältiges Make-up aufgetragen. Sie blieben, die eine mit ihrem langen, braunen Arm bei der andern untergehakt, vor dem heißen Riesengrill stehen. Ein dunkelhaariger, stark schwitzender Typ (heute arbeitet er als Reporter für ein großes Gesellschaftsmagazin) stand im Holzkohlenebel und wendete Steaks.

»Das ist der Griller«, sagte das blonde Mädchen zu ihrer Freundin. »Für dich: Herr Griller.«

»Oh, mein Gott«, sagte das dunkelhaarige Mädchen, »Herr Griller! Ich will Kinder von ihm!«

Der Typ lächelte gelassen und wendete schnell zehn Steaks in einer Reihe.

Angenommen, Herr Griller hätte nicht vor einem bauchhohen Aufbau mit glühenden Holzbrocken, sondern vor einem runden Grill mit einer roten Seitenschutzhaube gestanden.

Angenommen, auf diesem Grill hätten drei Brühwürstchen und ein Maiskolben gelegen. Die lustigen Mädchen wären achtlos an ihm vorbeigegangen. Keine hätte ein Kind von ihm gewollt.

Haare

Rapunzel, Rapunzel, let down your hair,
and let me climb into your underwear.

Beastie Boys

Haare sind Macht. Deshalb ist ein Mann gern behaart. Nicht zwingend auf dem Kopf, dafür aber umso mehr an seinem Körper.

Ein Mann rasiert sich im Gesicht und vielleicht zwischen den Beinen, aber niemals auf der Brust. Eine rasierte Brust wäre höchstens dann in Erwägung zu ziehen, wenn er sich mit nacktem Oberkörper für das Titelbild eines Magazins fotografieren lässt. Aber ein Mann lässt sich nicht mit nacktem Oberkörper für ein Magazin ablichten. Auch nicht, wenn er sehr viel Geld dafür bekommt. Sonst müsste er danach mit rasierter Brust in einer Fernsehshow bekennen: »Das sind sehr schöne Bilder. Ich bin sehr stolz auf sie.«

Nein, solche Sachen macht ein Mann nicht. Aber er zeigt seine Brust. Auch seine Brustbehaarung zeigt er gern und schämt sich nicht für sie. Deshalb lässt er die oberen fünf Knöpfe seines Hemdes offen, so wie es der Urvater aller Macho-Pin-ups, Burt Reynolds, Anfang der Siebzigerjahre tat. Lässt er die massive Goldkette weg, dann ist sein behaartes Dekolletee genau richtig.

Eine rasierte Brust sieht immer aus wie eine rasierte Brust. Rasiert eben. Eine epilierte Brust ist noch schlimmer, ungefähr so schlimm wie lackierte Zehennägel. So etwas können höchstens Perlhühner sexy finden.

Im Gesicht dagegen sollte ein Mann sich unbedingt rasieren. Zumindest an ein paar Stellen. Ein Designer-Ziegenbärtchen zu züchten ist genauso albern wie eine modische Moustache. Jeder Mann, der beim Rasieren die Oberlippe ausspart, rutscht leicht in die Kategorie serbischer Pornostar oder kolumbianischer Bahnhofsstricher.

Ein Vollbart dagegen ist oberlehrerhaft und lädt nicht zum Schmusen ein.

Ein Bart muss aussehen wie ein Bart, nicht wie etwas, das aus Versehen entstanden ist, aus der immer wieder neu zu bekämpfenden Rasierfaulheit.

Im Gegensatz zum russischen Schriftsteller Leo Tolstoi, der bis in seine späten Vierziger wartete, um sich einen Vollbart wachsen zu lassen, sind Gesichtspelze ab Ende zwanzig zu empfehlen. Vorausgesetzt, siehe oben. Es darf nicht wie ein Zufall aussehen. Im Gesicht darf nichts dem Zufall überlassen werden.

Schon Shakespeare wusste: »He that hath a beard is more than a youth, and he that hath no beard is less than a man.«

Der unrasierte Look ist zwar immer noch sexy, aber ein Mann muss wissen, dass er ordentlich rasiert jünger aussieht. Er darf sich beim Rasieren aber nicht schneiden, sonst sieht er wiederum zu jung aus.

Ein Mann benutzt bei Nassrasur einen Rasierpinsel und eine gute Rasiercreme, zum Beispiel Yardley-Shaving-Cream. Nach der Rasur kühlt er seine Gesichthaut mit einer beruhigenden Lotion. Aftershave darf keinen Alkohol enthalten, das brennt und trocknet die Gesichtshaut aus.

Wer sich trocken rasiert, hat es einfacher.

Frauen sehen Männern gern beim Rasieren zu. Das hat zwei Gründe:

1. Das Rasieren im Gesicht ist eine genuin männliche Tätigkeit, die nur ihm als Mann vorbehalten ist. Egal, wie sehr sich eine Frau auf allen männlichen Feldern betätigt und wie unabhängig sie sich von männlichem Beistand zu machen versucht, eines wird sie niemals tun: sich im Gesicht rasieren (natürlich gibt es ein paar Frauen, die das tun müssen, aber das sind Randgruppenschicksale und können an dieser Stelle nicht berücksichtigt werden).
2. Es erinnert sie an ihre Kindheit, als sie ihrem Vater im Badezimmer dabei zusahen, wie er sein Gesicht mit einer weißen Paste einrieb und dann lustige Autobahnen mit dem Rasierer hinterließ. Und alles, was aus großen Mädchen kleine Mädchen macht, ist auch gut für den Mann.

Ein Mann darf Haare haben, aber keine Frisur.

Das heißt, er besitzt keinen Föhn. Er geht auch zum Haareschneiden und nicht zum Friseur. Ein Mann hasst Promifrisöre ebenso wie deren Haarpflegeserien.

Ein Mann ist stolz darauf, dass er für seinen Haarschnitt nur zwölf Euro zahlt und keine Angst haben muss, von seinem Frisör Strähnchen gefärbt zu kriegen.

Andererseits dürfen die Haare eines Mannes niemals so aussehen, als hätte ihm ein großer Fleisch fressender Vogel auf den Kopf gekackt.

Verliert er irgendwann sein Haar, schieben sich also seine Geheimratsecken mit dramatisch wachsender Geschwindigkeit auf seine Schädeldecke zurück, ist das nicht weiter schlimm. Ein Griff zum Braun-Haarschneider gibt ihm seine Würde zurück.

Glatze ist cool.

Uncool ist, wer sich von seiner letzten Haarsträhne nicht trennen kann und sie sich melancholisch mehrmals um den Kopf wickelt. Das ist Trennungsangst und sehr gefährlich. Schon bei leichten Windböen kann das sehr lustig werden. Für andere.

Genauso uncool ist es, die beginnende Glatze unter einer speckigen Schildmütze zu verbergen.

Glatze reimt sich auf Atze. Und welche Lusche heisst schon Atze? Na, also.

Es gibt Männer, die glauben, »langhaarig« sein zu müssen. Und das meist ein Leben lang. Natürlich verehren sie Udo Lindenberg oder irgendeinen anderen zerknitterten Rockstar.

Lange Haare sind Männern nur vor Eintritt in den Kindergarten erlaubt, also bis zum vierten Lebensjahr. Bis zu diesem Alter dürfen Männer sich von ihren begeisterten Müttern wie Little Lord Fauntleroy mit langen Engelslocken und Samtanzügen ausstaffieren lassen. Aber im Kindergarten geht der Ernst des Lebens los. Den Stress kann kein Mann mit Mädchenfrisur bewältigen.

Generell gilt: je älter, desto kürzer.

Wer seinen vierzigsten Geburtstag mit einem langen, dünnen, mausgrauen Schwänzchen zelebriert, hat meistens auch noch mindestens einen Ohrring im Ohr und trägt Röhrenjeans. Solche Männer sind im Jahr 1983 irgendwo zwischen Paderborn und Detmold hängen geblieben. Mitten im Grauen.

Handys

Sie sind ein ungezogenes kleines Ding,
das man ab und zu übers Knie legen muss, Sie Göre.

Gerwin Haider

Ein Mann regiert sein Handy. Sein Handy regiert nicht ihn. Er benutzt sein Handy als Telefon und nicht als Unterhaltungskanal. Aber da ein Mann nicht gerne telefoniert, benutzt er sein Handy eher selten. Also eigentlich nur im Notfall. Langeweile ist kein solcher.

Nur Eierköpfe führen stundenlange Gespräche auf ihrem Handy, schlimmstenfalls im Auto.

Desasterstufe 1: Sie führen diese Gespräche mithilfe von Stöpseln in den Ohren, einem so genannten Headset, um damit ihrer gerechten Strafe zu entgehen. Wer ununterbrochen telefonieren muss und sogar bereit ist, sich dafür äußerlich zu entstellen, sollte ein paar Monate in einem Baumhaus in Nepal wohnen. Das Baumhaus müsste er natürlich erst selbst bauen. In einen schon vorhandenen Baum.

Wichtige Telefonate führt ein Mann ausschließlich im Festnetz. Nicht aus Kostengründen, sondern weil er sonst kein gutes Telefongefühl hat. Man kann sich ja heutzutage kaum noch auf seine eigenen Ohren verlassen. Denn bei Telefonaten über Handy kann es schon mal passieren, dass man auf die Frage »Sehen wir uns am Wochenende?« die Antwort »Ich will nicht ins Altersheim« erhält.

Eine Susi erkennt man

1. an der Handynummer. Ein Mann hat eine 0172- oder 0171-Nummer. Alles andere ist für Hausfrauen, Schulkinder und wir wissen schon wen. Am übelsten sind 0163- oder 0178-Nummern. 0177 haben nur Berlin-Luschen, weil sie damit in der U-Bahn telefonieren können. Aber, wer, bitte, fährt U-Bahn? Wer in Berlin mit einer E-plus-Nummer auf öffentliche Transportmittel angewiesen ist, dem wird dieser Rat auch nicht mehr helfen.
2. an seinem Handymodell. Es gibt nur drei Handyhersteller, die für einen Mann infrage kommen: Sony Ericsson, Nokia und Siemens. Ein Mann legt Wert auf neueste Technik und schleppt keinen alten Knochen, der schon mehrmals geklebt wurde, mit sich herum. Einzigartiges Männer-Handy, aber leider nicht mehr auf dem Markt: das Sony Z 1. Sieht aus wie die Fernbedienung für einen Panzer. Das Motorola-Telefon hingegen, das neuerdings für fünfzig Euro in jedem Supermarkt im Glühbirnenregal angeboten wird, hat einen Preis für das scheußlichste Fernsprechgerät verdient. Wer sich damit sehen lässt, hat verloren. Unangenehm sind auch Modelle von Panasonic oder, ganz am Ende der Straße, Sam-

sung oder Alcatel. Wer ein solches Gerät mit sich führt, dem ist wirklich alles egal.

Ein Mann verschickt nicht ständig SMS, weder an Frauen noch an andere Männer. Simsen ist Mädchenkram, nein, Kleinemädchenkram. Wenn er etwas wissen möchte, ruft er kurz an. Er simst nur im Notfall oder eben um eine kurze Mitteilung zu machen. Aber er hat keine SMS-Standleitung zu irgendwelchen Langweilern.

Nur Loser haben Zeit, SMS zu verschicken. Ein Mann hat keine Zeit für so was.

Ein Mann sitzt auch nicht in einer Bar und spielt geistesabwesend an seinem (Motorola-) Handy herum, während andere Männer um ihn herumsitzen, Bier trinken und fröhlich sind.

Ein möglicher Kommentar von zwei hübschen Frauen am Nachbartisch:

»Sieh mal, der Penner. SMSt die ganze Zeit.«

»Ja, schlimm. Wieso redet er nicht mit den Leuten an seinem Tisch?«

»Weil sie wissen, dass er ein Penner ist. Nur er hat es noch nicht gemerkt.«

»Nicht so laut. Er ist zwar blind, aber nicht taub.«

Dann nehmen beide tiefe Züge von ihren Zigaretten und rücken etwas von dem SMS-Typen ab, damit niemand auf die Idee kommt, er hätte etwas mit ihnen zu tun.

Luschen, die sich so benehmen, verstehen nicht, was an Helmut Berger toller sein soll als an Anke Engelke.

Mit solchen Männern will man doch gar nichts zu tun haben.

Auch wenn er sein Handy nicht übermäßig benutzt, ist ein Mann doch mit all seinen technischen Möglichkeiten vertraut. Wenn man ihn bittet, seine Visitenkarte zu senden, antwortet er nicht erstaunt: »Na gut, dann gib mir doch mal deine Adresse.«

Ein Mann trägt Sorge, dass nicht nur er, sondern auch seine Missus kein peinliches Telefon besitzt und damit auch lässig umgehen kann. Die Inanspruchnahme der T9-Rechtschreibhilfe ist für beide eine Selbstverständlichkeit. Niemals tippen sie jeden Buchstaben mühsam einzeln ein.

Er sorgt auch dafür, dass sie nicht die Titelmusik aus »Black Beauty« als Klingelton hat.

Sein Klingelton ist natürlich kaum zu hören. Deshalb ist er auch schwer zu erreichen.

Sein Akku ist aber immer aufgeladen. Nur Versager verschwinden mitten im Gespräch, weil sie zu unorganisiert sind, ihre Aufladesituation unter Kontrolle zu haben, oder weil sie so ein Schrott-Telefon haben, das sich ständig entlädt.

Ein Mann hat natürlich einen Vertrag mit einem Anbieter und keine CallYa-Card. Männer mit CallYa-Card sollten zur Strafe ein Jahr in Quarantäne gehen.

Ausnahme: Rentner und Touristen.

Ein Mann hat auch immer ein zweites Handy, also ein Not-Handy, bei sich zu Hause. Für den Fall, dass er mal von albanischen Jugendlichen am Hafen überfallen und ausgeraubt wird.

Informationen, die sich im Handy eines Mannes befinden, können die größten Katastrophen auslösen. Ein Mann weiß das und sorgt entweder dafür, dass sein Handy nicht in die falschen Hände kommt, schon gar nicht in die Hände einer Frau (wenn Frauen etwas wissen wollen, das sie durch einfaches Fragen nie erfahren werden, durchforsten sie sein Telefon. Sie finden meist mehr Antworten, als ihnen dazu je Fragen eingefallen wären, unter »Angenommene Anrufe«, »Gewählte Rufnummern«, »Entgangene Anrufe«, »Adressbuch« und »Mitteilungen«).

Männer, die in den Telefonen von Frauen nach Antworten suchen, wissen, dass sie unter »Mitteilungen« wahrscheinlich nicht fündig werden, sondern im Handy-Archiv nachsehen müssen.

Wenn sie klug ist, tut sie Folgendes, um ihn auszuchecken:

Sie wartet, bis er schläft, und aktiviert die Rufumleitung in seinem Handy. Als Zielnummer gibt sie ihre eigene Nummer ein.

Später, wenn er wieder wach ist, gehen sie zusammen essen. Ihr Telefon klingelt, sie geht ran:

»Hallo?«

»Wer ist denn da dran?«, fragt eine erstaunte Männerstimme. Es ist die Stimme seines besten Freundes.

Er sieht auf sein Telefon und fragt verwirrt:

»Da ist so ein komisches Zeichen auf meinem Display. So 'ne Art Pfeil. Weißt du, was das bedeutet?«, und zeigt auf den komischen Pfeil auf seinem Display.

»Keine Ahnung«, antwortet sie.

Ihr Telefon klingelt ab jetzt ohne Pause. Sie macht es irgendwann aus, weil sie sonst verrückt wird.

Nach dem Essen will er nach Hause. Sie fragt ihn, ob sie kurz sein Telefon haben kann. »Was willst du damit, nein!«, reagiert er panisch.

Tja, selbst schuld, Susi. Das kommt davon, wenn man sich mit seinem Handy nicht auskennt. Susi hat nie wieder einen Anruf erhalten. Der komische Pfeil ist heute noch auf seinem Display.

Kleidung

Soll ich mir mit einem hässlichen Anzug
die Laune verderben?

Bryan Ferry

Ein Mann kann sportliche und geistige Vorbilder haben, aber niemals modische. Jedenfalls nicht ernsthaft. Ein Mann folgt nicht der Mode. Er sollte einfach seinen Stil haben, unabhängig von aktuellen Modetrends. Dennoch sollte er immer so gekleidet sein, dass seinem Gegenüber die Frage auf der Zunge brennt: »Ihr Schneider ist reich?«

Natürlich ist es völlig unerheblich, ob sein Schneider tatsächlich reich ist, es kann aber nicht schaden, wenn er ihn durch seinen formvollendeten Auftritt sehr wohl in diesen Verdacht bringen kann.

Ein Mann weiß, dass seine Kleidung nur nach Mann und keinesfalls nach Mode riechen darf. Seine Devise lautet: *Never overdressed, always underdressed.*

Einen echten Mann erkennt man an seiner »gewachsenen Kleidung«. An der Kleidung, die er nicht zu tragen aufhört. Das können ein uralter teurer Gürtel oder ein paar Methusalem-Brogues sein. Oder ein mottenlöchriger Pullover aus jungfräulicher Ziege, die sich nur von Kleeblättern ernährt hat. Anhand dieser geliebten

Stücke erkennt man, dass er mit dem Begriff »Werte« etwas anzufangen weiß.

An dieser Stelle tritt der poetische Begriff des »Gentleman« auf den Plan. Der *gentle man* (von engl.: *gentle* = sanft) ist, sobald es um seine äußere Verpackung geht, richtungsweisend für die Kleidungsgewohnheiten eines Mannes. Schon die angelsächsische Herkunft des Begriffs erhellt die Vorreiterposition der Engländer in Sachen Tuch-Fühlung. Wenn es ein Ranking der Nationen in Sachen Männerkleidung gibt, dann liegen die Engländer eindeutig ganz weit vorn.

Sie haben den Tweed erfunden. Sie haben die Savile Row, Sir Paul Smith, Beau Brummel und Lord Byron. In England besteht seit vielen Jahrhunderten große Nachfrage nach edlem Tuch. Ist auch klar: Wer in einem Schloss wohnt, zieht sich auch ordentlich an (die Rede ist hier übrigens ausschließlich von Engländern, nicht von Engländerinnen). Dieser Tradition gemäß verlangen Prinzen und Höflinge seit Jahrhunderten ihren Schneidern einiges ab. Ebenso wie die Dandys, die tadellos gekleidet in den Salons der Oberschicht gelangweilte Damen mit ihrem Ästhetizismus zu beeindrucken pflegten. Aber diese Zeiten sind bedauerlicherweise vorbei. Gepflegte Unterhaltungen in vornehmen Privatclubs und eleganten Salons mit ausreichend Platz für charmante Intelligenz sind längst dümmlichen Galashows und aufgemotzten Medien-Treffen gewichen.

Dennoch: Dieser Tradition ist es zu verdanken, dass die Engländer, zumindest was die Gewänder der Herren anbelangt, immer noch ziemlich genau wissen, was sie tun.

Ganz oben im Eleganz-Ranking der Nationen angesiedelt sind natürlich auch die Italiener.

Hier ist der Gentleman als verkappter Gangster unterwegs. Nicht in erster Linie um zu töten, zu erpressen oder Angst und Schrecken zu verbreiten, sondern eher, um souverän jede Stil-Kurve zu nehmen. Denn ein Mann muss so scharf aussehen wie ein Rasiermesser in einem Barber-Shop in Kairo. Italiener wissen, wie das funktioniert. Schließlich gibt es kaum etwas Überlegeneres als den Kleidungsstil eines sizilianischen Dons und seiner liebenswürdigen Anhängerschaft.

Den beiden Vorzeige-Designern Dolce&Gabbana gelingt es leider nicht immer, ihren Entwürfen jenen olivenöltriefenden Kleinkriminellen-Makkaroni-Charme zu verleihen, der mehr sagt als tausend Worte. Deswegen muss Mann aufpassen, den Dolce&Gabbana-Laden in der Mailänder Via della Spiga tatsächlich im tadellosen Donnie-Brasco-Look zu verlassen statt aus Versehen in zerrissenen Jeanshosen, wie sie von abtrünnigen Fußballern mit einem Endstation-Wüste-Ticket geliebt werden.

Langer Rede kurzer Sinn: Ein Mann weiß, was er trägt. Er ist Gentleman und/oder Gangster, je nach Stimmung. Er ist kein Fashion-Victim, das seinen Stil mit jeder Saison neu definieren muss. Er macht keine Experimente, sondern verlässt sich auf das Althergebrachte.

Daher braucht er auch keine Männer-Modegazette, um sich einzukleiden, keine Stilbibel, keinen Fashionknigge und auch keinen Fußballstar in Rüschen als Vorbild.

Vor allem aber braucht er keine Frau, die sich um seine Garderobe kümmert.

Die meisten Frauen haben von Männergarderobe keine Ahnung. Sie wissen ja meist nicht einmal, wie sie ihre eigene Garderobe sortieren sollen (was im Übrigen den großen Erfolg von gewissen schwedischen und spanischen Billigmodeketten erklärt, in deren Legebatterie-Atmosphäre viele Frauen ihre gesamte Freizeit verbringen).

Nur die Susi ist darauf angewiesen, sich von einer Frau einkleiden zu lassen. Nicht etwa, weil er es so will, sondern weil *sie* sich sonst für ihn schämt. Wenn die Garderobe eines Mannes dermaßen unwürdig ist, dass seine neue Freundin gezwungen ist, die Initiative zu ergreifen, weil sie es sonst nicht wagen kann, ihn ihren Freunden überhaupt vorzustellen, sollte sie sich die Arbeit sparen und lieber gleich auf einen richtigen Mann warten. Denn das Einkleiden eines Mannes ist eine Sisyphos-Arbeit:

Nach und nach lässt sie, für ihn unmerklich, seine Hawaiihemden, die lustig bedruckten Krawatten, die karierten Sakkos von Cinque, die ausgebeulten Cordhosen mit dem abgeschabten Hinterteil, die Replay-Hemden aus Jugendzeiten und natürlich endlose Stapel von bedruckten Shirts verschwinden.

Dann kommen seine Schuhe dran, die aussehen wie

Damenhandtaschen. Ein Paar nach dem anderen verschwindet. Still und heimlich.

Ein paar Mal wird sie ihn noch rufen hören: »Wo sind meine grünen Schuhe mit den orangefarbenen Sohlen?«, und, nachdem sie seine grünen Schuhe unter einen halb verfaulten Salatkopf und ein paar abgenagten Lammknochen in eine Edeka-Tüte gestopft und in den Hausmüll geworfen hat, wird sie antworten: »Müssten da stehen, Schatz. Aber zieh doch die neuen Budapester an. Die sind so schön!«

Woraufhin er jammert: »Aber die sind doch so hart und unbequem.«

Stimmt, Susi, das ganze Leben ist hart und unbequem. Hättest du als Pennäler schon etwas über Schuhwerk gewusst, würde es dir heute besser gehen. Denk an Prinz Harry: Der hat es hart und unbequem, seit er laufen kann. Dafür hat ihn kein Paparazzo je mit grünen Stretchschuhen und farbigen Sohlen erwischt.

Aber lass dir, liebe Susi, nur von einer Frau sagen, was du anzuziehen hast. Du hast es nicht anders verdient. Eines Tages wird sie dich zwingen, ihren Freundinnen eines ihrer Kleider vorzuführen. Und du wirst es tun, was bleibt dir anderes übrig, du bist es ja gewohnt.

Eine andere Susi-Version ist der modebewusste Mann, der sich selbst als die beste Alternative zum normal schlecht angezogenen Mann sieht. Er ist sehr engagiert und sieht sich die Kollektionen von Roberto Cavalli und Miu Miu online an, um sich dann ein Konzept für seine Garderobe, inklusive Accessoires, zu erarbeiten.

Das Ergebnis ist ein Gekko mit gerüschtem Polyester-Stretch-Hemd, Ledersakko und beigefarbenen Karreschuhen mit dekorativer Schnalle. Vor den Bars, in denen diese Susis mit anderen Susis zusammentreffen, fährt er mit seinem Cabrio vor und ruft seiner Freundin, einer Sieglinde im schlecht sitzenden H&M-Kleidchen und in noch schlechter sitzenden Zara-High-Heels »Tschüssikowski« zu, bevor er in seine Lifestyle-Magazin-Redaktion oder in sein Eventmarketing-Büro verschwindet, um ungestraft Lügen zu verbreiten.

Und dann gibt es noch die Helmut-Lang-Träger. Das sind Weicheier, die sich bis Mitte der Neunziger für Pop interessierten, sich aber schon in der Schule nie schlugen oder sonst wie auffällig wurden und plötzlich feststellten, dass Mode auch ein Teil von Pop ist. Da liefen sie schnell zu Helmut Lang und kauften sich einen Anzug.

Das machen sie heute immer noch. Sie kaufen da auch ihre Pullis und Hemden. Damit gehen sie auf Nummer sicher, denken sie. Gegen Helmut Lang kann keiner etwas sagen. Das ist wie Paul Weller hören. Das ist immer in Ordnung.

Paul Weller ist allerdings immer in Ordnung. Paul hat allerdings auch schon immer den allerbesten Stil. Er ist ein Stil-Gott.

Helmut Langs Stil ist kein gewachsener. Auch kein mitgewachsener. Er ist eher wie Paul Weller hören. Er war plötzlich da und ist dageblieben.

Ohne kleinlich sein zu wollen, aber Helmut Lang sieht partout nicht ein, seine Sachen richtig zuzunähen, genauso wenig wie dafür zu sorgen, dass sie sich nicht einfach in Garn und Faden auflösen. Seine Nähte sind nur angedacht, und die Knöpfe hängen im wahrsten Sinne des Wortes am seidenen Faden.

Aber die vor ein paar Jahren aufs Boot aufgesprungenen Susis merken das nicht. Sie sitzen mit ihren verbeulten Anzügen auf einem rostigen Kahn. Das große Schiff war schon weg.

Ein Mann lässt sich nur von anderen Männern – einem alten Freund, dem Vater oder dem Großvater – bei der Auswahl seiner Kleidung beraten. Im Unterschied zu den Frauen konkurrieren Männer auf modischem Gebiet nicht miteinander. Sie tauschen sich aber aus und rotten sich zu einer Art elitären Gruppe der Wissenden zusammen.

Das Eindringen in das Ankleidezimmer des Mannes muss für die Frau wie das Betreten eines verbotenen Planeten sein. Ihre Nackenhaare müssen sich beim Anblick seiner nach Farben sortierten Hemden, seiner Anzüge, seiner Pullover und dem ganzen Rest vor Erregung sträuben.

Sie muss und wird immer wieder eine Ausrede finden, um eins seiner Hemden oder einen seiner Pullis anzuziehen, zu entführen und nie wieder zurückzubringen. Denn es gibt nichts, das einer Frau mehr Geborgenheit gibt, als die viel zu große Kleidung ihres

Lovers. Selbst wenn der Lover schon lange ausgedient hat, in seinem Pullover mit den viel zu langen Ärmeln kann sie sich noch ewig weiter schön klein fühlen. Er wird immer ganz besonders riechen, dieser Pulli, womöglich nach einem irischen Tweedduft von Creed und nach dem Moment in jener Sommernacht, als es sie fröstelte und er mit edler Geste seinen körperwarmen Pullover auszog und ihr über die Schultern legte.

Ein guter Geruch, der sich nie auswaschen wird.

Das geht aber nur, wenn es tatsächlich seine Sachen sind, von ihm selbst ausgesucht und eingetragen. Undenkbar bei der Männerkollektion der Saison, mit Jeans, die fertig zerrissen und befleckt, und Hemden, die vorne bestickt sind und auf deren Rücken *D & G* in Neonbuchstaben steht.

Victoria Beckham hätte, um oben beschriebene Stimmung zu erreichen, die Auswahl zwischen einer von Davids bestickten Seidenblusen, von denen sie selbst zehn Stück in der kleinsten Größe besitzt, und seinem Real-Madrid-Trikot.

Sechs, die es unbedingt verdient haben, reichlich bestohlen zu werden:

1. Bryan Ferry. Wird in Interviews mindestens genauso oft zu seinen Anzügen befragt wie zu seiner Musik. In dem Roxy-Music-Video »Let's stick together« sieht er so cool aus, dass man bei seinem Anblick anfängt zu frieren.
2. Helmut Berger. Er ist mittlerweile ganz schön fertig, immer noch schwul und wohnt mit knapp neunund-

fünfzig wieder bei seiner Mutti Hedwig in Salzburg. Das sind alles enorme Mann-Abzugspunkte. Deshalb zählt er eigentlich nicht. Aber er setzt sich in Harald Schmidts Stuhl, nur um zu erzählen, dass er die Nacht vorher durchgefeiert und deshalb keine Sekunde geschlafen hat. Noch schöner war sein Auftritt bei Beckmann, wo er vor lauter Ekel ständig die Augen geschlossen hielt. So ein Mann kann sich vor Heiratsanträgen nicht retten – zu Recht.

3. Henry Fonda alias Frank in *Spiel mir das Lied vom Tod*. Wird von unwissenden Luschen als Cowboy verkannt. Cowboys sind, ebenso wie Indianer und Bart Simpson, Helden für kleine Jungs in Shorts. Der Kerl ist ein Killer. Und allein wegen seines umwerfend lässigen Kleiderstils seit 1968 dafür verantwortlich, dass Millionen Frauen eine unfassbare Gänsehaut bekommen, wenn sie sehen, wie seine schmutzigen Finger das vibrierende Mieder von Witwe McBain aufknöpfen. Sergio Leone ist Italiener. Und die wissen eben, was einem Mann beim Angst-Einjagen am besten steht.
4. Prinz Harry. Sieht im Gegensatz zu seinem Bruder, der die schlimmste Badehose der Welt trägt, sowohl im Maßanzug bei offiziellen Terminen als auch als Baby-Playboy bei Zechtouren durch sehr schlechte Clubs, in denen noch schlechtere Musik gespielt wird (wie zum Beispiel das *Chinawhite* in London, wo fröhliche Greise mit Prostituierten zu *Sex Bomb* von Tom Jones tanzen), authentisch und verführerisch gut aus. Bleibt zu fragen, wieso er nie in gute

Clubs geht, wenn er schon Engländer ist und in London wohnt, wo man wahrlich Besseres erleben kann als Champagnerkübelnischenlokale. Die Leidenschaft fürs niveaufreie Amüsement wird wohl immer das Geheimnis des Jet Set und seiner Nachahmer bleiben.

5. Dieter Meier von Yello. Der Mann ist einfach in allem, was er tut, so unfassbar cool. Er lebt äußerlich und inhaltlich auf höchster Ebene. Allein der Text auf seinem Anrufbeantworter ist zum Niederknien: »Yello. Bonjour.«

Niemand muss reich sein, um gut angezogen zu sein. Man muss nicht einmal Geschmack haben oder sich lange mit dem Thema beschäftigen. Entscheidend ist nur, sich eine Basisgarderobe mit essenziellen Klassikern zuzulegen. Das hört sich langweilig an, ist es aber nicht. In Wirklichkeit sind es vor allem zwei Dinge, die tatsächlich niemanden interessieren:

1. Die Zeitung von gestern
2. Der Trend der letzten Saison.

Eine klassische Garderobe strahlt Unvergänglichkeit aus. Da sind die Männer im Vorteil, denn für Frauen gilt das leider weniger.

Wenn ein Mann ein paar Grundregeln berücksichtigt, kann ihm in Sachen Kleidung nichts mehr passieren. Solange seine Garderobe das Richtige enthält, kann er damit machen, was er will. Und seinen eigenen Stil kreieren:

Der Anzug

Wichtigster Baustein der männlichen Garderobe. Er ist grundsätzlich von erstklassiger Qualität. Mit einem solchen Anzug befindet sich ein Mann immer ganz oben, wo die Luft dünn und der Stoff erlesen ist. Dazu braucht er noch einen aufrechten Gang und sollte keine Angst vor Aufmerksamkeit haben. Ein Mann muss in seinem Anzug aussehen, als sei er darin geboren. Es gibt keine Gelegenheit, bei der ein dunkler Anzug fehl am Platz wäre. Und keinen Mann, der im Anzug schlechter aussieht als in irgendetwas sonst, beispielsweise einer ausgebeulten Stoffhose und einem Poloshirt von Ralph Lauren.

Wer es sich leisten kann, fährt nach London in die Savile Row und lässt bei Kilgour French Stanbury Maß nehmen. Botschafter und Bankiers tun das. Einmal Maß genommen, bleiben die Daten für immer in den Ateliers, und für einen neuen Anzug genügt ein Anruf. Sehr schön bei Kilgour sind die fertigen Anzüge von Richard James und Ozwald Boateng. Wer von der Stange kauft, sollte dies in einer Filiale von Paul Smith oder dem sehr ordentlichen Modehaus Etro tun. Auch sehr in Ordnung sind die Anzüge von Kiton aus Neapel, der Stadt, die sich zur Schneiderkunst verhält wie Paris zur Patisserie.

Man sieht einem Anzug seine Qualität übrigens aus fünfzig Metern Entfernung an. Deshalb: Sparen Sie, wo Sie wollen, aber nicht an dieser Stelle.

Der weiße Anzug

Hier ist First-Class-Attitüde Pflicht. Wer sich für einen weißen Anzug entscheidet, entscheidet sich für ein halbseidenes Image zwischen Welt und Halbwelt. Diese Strategie geht nur dann auf, wenn Material, Farbe und Zustand perfekt sind (messerscharfe Bügelfalten sind dabei unerlässlich). Sonst sieht man schnell aus wie jene unangenehmen Proleten aus Berliner Schauspielerfamilien, die in trüb-beigefarbenen Knitterschlafanzügen durch die Trinkhallen der Hauptstadt torkeln.

Ein besseres Vorbild ist da Jay Gatsby, der Held aus F. Scott Fitzgeralds großem Roman, jener junge Mann aus der Unterschicht, der in den Zwanzigerjahren des letzten Jahrhunderts die Welt der feinen Upper Class auf Long Island stets in tadelloses weißes Tuch gehüllt beeindruckte. Auch seine Oberschichtsliebe Daisy bevorzugte unschuldiges Weiß für ihre Kleidung.

Bei Gelegenheit, genauer gesagt bei der Begehung seiner Ankleideräume, verriet er ihr:

»Ich habe in England einen Einkäufer für meine Garderobe. Er schickt mir im Frühjahr und im Herbst, wenn die Saison beginnt, immer eine Kollektion herüber.«

Diese Aussage rührte das Mädchen so sehr, dass es in Tränen ausbrach.

Das Hemd

Ein Mann trägt ein Männerhemd und keine Männerbluse. Damit ist klar, dass ein solches Hemd von einem Shirtmaker gefertigt sein muss und nicht von einem Modeschneider. Natürlich ist auch beim Hemd die maßgeschneiderte Version der Anführer. Wer es sich leisten kann, fährt in die berühmte Jermyn Street nach London und lässt vielleicht bei Turnbull & Asser, wo man sich auch um die Hemden der Prinzen im Buckingham Palace kümmert, schneidern. Die anderen Schneider der Jermyn Street sind aber auch alle hervorragend.

Wer in Bangkok oder Bangladesch seine Hemden anfertigen lässt, trägt immer noch mehr Klasse am Körper als diejenigen, die sich für viel mehr Geld Hemden aus billiger Baumwolle von Hugo Boss oder Helmut Lang kaufen.

Wer von der Stange kaufen muss, geht zu Jil Sander oder zu Etro. Auch zu Prada darf man hier greifen, allein schon wegen Miuccias neuester Hemdidee, der viel zitierten Kaschmirbaumwolle. Großgrundbesitzer können ihr Hemden-Glück auch bei Versace finden.

Ein Hemd ist oft weiß, gern blau, manchmal rosa, von Zeit zu Zeit gestreift, aber niemals rot, orange oder anders knallfarben. Es ist nicht geblümt, nicht bedruckt, hat keine lustigen Applikationen, es ist nicht gerafft und nicht gerüscht, es ist nicht aus Seide und nicht aus Polyester. Es hat keinen komischen Kragen oder Perlmuttknöpfe. Auch keine Druckknöpfe. Die sind John Wayne vorbehalten.

Die Hose

Egal, wie alt ein Mann ist, er trägt seine Hose auf den Hüften und nicht auf oder gar über dem Bauch. Seine Shorts (ja, Shorts, nicht Slip) sollten allerdings nicht zu sehen sein. Auch nicht, wenn in das Gummibund irgendwelche Namen eingewebt sind. Das ist nur Männern *born and raised in the ghetto* erlaubt (Hamburg Altona geht nicht als Ghetto durch).

Eine Hose ist kein Eierteiler und nicht einen Millimeter zu kurz. Nur Versager haben zu kurze Hosen an. Wie sagte Mike Diamond von den Beastie Boys so treffend über die sexieste Stelle am Körper eines Mannes? Sie sei die Stelle, an der die Hose eines Mannes auf seinen Schuh trifft. Die Hose muss also auf den Schuh fallen und hinten fast den Boden berühren – fast. Wenn der Mann sitzt, dürfen niemals zwanzig Zentimeter haarigen Beins sichtbar werden. Die Italiener nennen das *figura brutta* und tragen deshalb sicherheitshalber Kniestrümpfe statt Socken.

Es ist ein internationaler Streich in Hosenverkäuferkreisen, die Hose immer so für die Änderungsschneiderei abzustecken, dass sie genau zwei cm zu kurz ist. Das machen auch Hosenverkäufer in Mailand, Paris und Madrid so, obwohl ihre eigenen Hosen immer perfekt sitzen. Sie schneiden natürlich auch den überflüssigen Stoff ab, damit die Würfel gefallen sind. Kluge Männer sagen deshalb, wenn sie in einem Luxusgeschäft vorm Spiegel stehen, zu dem schlanken, übergepflegten Mann, der sich mit Stecknadeln im Mund an seinem Hosenende herumdrückt: »Hosenverkäufer, steck die Hose drei Zentimeter länger ab. Sonst tragen sie dich gleich mit einem Tuch über dem Gesicht aus dem Laden.«

Jogginghosen sind natürlich genauso verboten wie folgende Jeansmarken: Joop, Replay, Blue System, Armani, Tchibo. Und alles von Marlboro Classic, auch die beliebten Hüftgürteltaschen.

Die Schuhe
Ein Mann wird nach seinen Schuhen und seiner Uhr beurteilt. Wenn die Kleidung mal nicht in bester Verfassung, also abgetragen oder besudelt ist, bürgen gutes Schuhwerk und eine schöne Uhr immer noch für erlesenen Stil. Frauen registrieren schäbige Männerschuhe sofort und stecken ihn daraufhin in eine Schublade, in der er dann langsam sterben wird.

Turnschuhe sind bei unter Dreißigjährigen erlaubt, ansonsten gilt wie oben: *ghetto style.* Auch dann, wenn die Adidas für zwei Monatsmieten einem Hipster in Tokio abgeschwatzt wurden – das sind Geschichten für kleine Jungs. Hier ist die Rede von Männern, und die laufen ausschließlich auf Ledersohlen.

Wer sein Revier auf Gummisohlen abschreiten will, sollte lieber gleich zu Hause bleiben. Es sei denn, er trägt ein paar klassische Desertboots aus Wildleder von Clarks, Church's oder Tod's. Neumodische Varianten mit verbreiterter Form oder freundlichen Farben sind bei Todesstrafe verboten. Dasselbe gilt für alle Arten von interessantem Schuhwerk, Karreespitzen, Schnallen, Paspeln, dekorativen Nähten und lustigen Sohlen. Und für Flip Flops. Flip Flops sollten per Gesetz verboten werden. Diese Gummitreter sind vielleicht gut für Kleinkinder, Kleinstadtluder und Kleindenkerinnen mit Lichterkette an der Wand. Aber nicht für Menschen, die respektiert werden wollen. Also erst recht nicht für Männer.

Gut ist, mindestens ein Paar schwarze Oxford Toe Cabs und ein Paar braune Derby Brogues zu besitzen.

Genauso wie ein paar Chelsea Boots. Sehen auf dem Land genauso gut aus wie in der Stadt. Pferdeleder kann, muss aber nicht sein.

Loafers sind da schon komplizierter. Sie werden oft mit Bootschuhen verwechselt, aber bei Bootschuhen ist der Name Programm: Bootschuhe auf dem Boot, Loafer an Land. Beide sehen nur an nackten Füßen gut aus. Männerfüße, die sich Nacktheit erlauben können, sind nördlich von Bozen kaum zu finden. Außerdem entwickeln sich bei nackten Männerfüßen auch in den allerbesten Schuhen sofort hochgiftige, explosive Gase.

Was das Tragen von Loafers anbelangt, geben zwei der größten *nightlife attitude songs – Love ist the Drug* von Roxy Music und *Club Tropicana* von Wham – Auskunft. Beide Tracks beginnen mit dem übellauten Gegröle eines Sportwagenmotors, einem hämmernden Bass und dem Geräusch von feinen Loafers auf knirschendem Kies. Auch wenn es Probleme geben sollte, ähnliche Motorengeräusche zu produzieren – Kiesausfahrten gibt es relativ häufig.

Über Sandalen muss hoffentlich nicht gesprochen werden. Genauso wenig wie über Hosenträger oder Duschhauben.

Hölzerne Schuhspanner sind übrigens kein hinausgeworfenes Geld. Genauso wenig wie Vertrauen in gute Schuhmacher. Einige Beispiele: John Lobb, Church's, Tricker's, Alden, Ludwig Reiter, Fratelli Rossetti. Aber es gibt noch viel mehr.

Die Krawatte

Ein Mann sieht eine Krawatte nicht als Symbol der Einengung, sondern als freiwilliges Accessoire. Christophe Goineau, *chef de produit, cravates* bei Hermès in Paris, meint:

»It is no longer an obligation but a pleasure. The rule is that there is no rule.«

Aber ein paar Regeln gibt es doch: Krawatten müssen perfekt sein, sonst bewirken sie das Gegenteil dessen, was sie bewirken sollen: Sie blamieren.

Deshalb: keine Kunstfasern. Hier ist ausnahmsweise Seide erlaubt.

Und keine Witze. Keine Pandabären, keine Weihnachtsmänner und auch keine Krawattennadeln.

Aber gelockert werden darf ein Krawattenknoten durchaus mal. Das ist sehr, sehr sexy.

Die Uhr

Ein Mann sollte seine Uhrensituation im Griff haben. Die Uhr an seinem Handgelenk lässt außer auf Stil, gute Erziehung, Verantwortungsbewusstsein und Bildung auch noch auf mehr schließen. Sie lässt die Frau an seiner Seite hoffen. Worauf? Nun, jemand, der sich eine Patek Philippe an sein Handgelenk gebunden hat, wird nicht wollen, dass die Frau an seiner Seite Plastik trägt, nicht?

Leider sind die meisten Frauen inzwischen sehr anspruchslos und geben sich mit einer wertlosen Designeruhr von Gucci oder Ähnlichem zufrieden. Dabei sollte man, besonders als Mann, lieber gar keine Uhr tragen als eine von Lacoste oder DKNY. Wer so eine Uhr am Handgelenk trägt, sollte gleich mit seinen modischen Karree-Schuhen und seiner engen Patchwork-Jeans aus dem Fenster springen.

Wer wirklich fliegen kann, liebt die Fliegeruhr von IWC, ein nicht zu verbesserndes Meisterstück. Genau wie die Rolex Oyster Perpetual oder eine Omega Moonwatch.

Die Sonnenbrille

Ein Mann trägt seine Sonnenbrille immer bei sich. Er rechnet quasi jederzeit mit plötzlichem Erblinden durch Tageslicht und trägt sie so, als wäre sie an ihn drangewachsen. Er nimmt sie nicht ab, es sei denn, er betritt einen Nachtclub. Die Brille muss so selbstverständlich zu seinem Gesicht gehören, dass ein Entblößen der Augen fast etwas Intimes hat, etwas Verschwörerisches.

Jeff Bridges alias »The Dude« in *The Big Lebowski* führt seine Ray Ban Wayfarer wie ein Körperteil mit sich. Als er von Raufbolden ins Klo getunkt wird, fällt sie ihm von der Nase. Er fischt sie ungerührt heraus und setzt sie sofort wieder auf seine Nase. Ohne Brille ist er nicht komplett.

Genau wie die *Reservoir Dogs*: Undenkbar, mit schwarzen Anzügen und schweren Knarren aufzumarschieren und dann zu blinzeln, weil die Sonne blendet. Im Allgemeinen ist es unangenehm, wenn Opfer einem direkt in die Augen sehen können. Zum Töten deshalb die Brille immer aufbehalten, auch oder gerade wenn es sich um Freunde handelt.

Bei einer Polizeikontrolle die Brille sofort abnehmen. Bei Verhaftungen dagegen entspannt aufbehalten. Abnehmen aber beim Sex und bei Interviews. Bei Meetings auch immer ohne Brille erscheinen. Ausnahme: der Chef.

Eine Sonnenbrille gibt es nicht. Es gibt nur die Brillensammlung und die Ersatzbrille. Der tragische Verlust jeder Brille darf laut beweint werden.

Der Pullover

Erstens: Pullover sind Männersache. Für Frauen gibt es kaum wirklich schöne. Eine traurige Angelegenheit.

Zweitens: Ein guter Pulli ersetzt spielend fünf von minderer Qualität. Feine Merino- oder Schurwolle ist billigem Kaschmir, wie er oft in Kaufhäusern angeboten wird, unbedingt vorzuziehen.

Die Farbe rosa fällt für Männer aus.

Ein Pullover hat nichts auf Männerschultern verloren. Er darf, wie es Jude Law und seine Landsleute tun, um die Hüften geknotet werden.

Ein guter Pulli, ob Schaf, Kamel oder Ziege, behält lange die Form und sieht auch in die Jahre gekommen noch besonders würdevoll aus. Billige Wolle produziert sofort Wollmäuse. Lässt sich immer wieder an Damenpullis beobachten. Menschen mit Wollmäusen an ihren Pullovern erwecken immer ein widerwärtiges Mitleid. Vielleicht machen die Wollmäuseträgerinnen das extra, um genau dieses Mitleid zu erwecken. Wahrscheinlich ist das die am häufigsten gestellte Frage bei Hennes und Mauritz:

»Habe ich damit auch wirklich ganz viele Wollmäuse?«

Und die Verkäuferin nickt bekifft:

»Aber sicher, da müssen Sie sich keine Sorgen machen. Spätestens in vier Stunden ist an den Ärmeln schon alles voll. Unsere Kundinnen sind mit dieser Qualität immer sehr zufrieden.«

Das Shirt

Nur wer einen entsprechenden Oberkörper hat, darf ihn im T-Shirt präsentieren. Der Oberkörper muss nicht aussehen wie ein polnisches Waschbrett von 1952. Er darf nur nicht verwahrlost wirken. Zu wenig Oberkörper ist in dem Fall besser als zu viel. Holzhacken an der frischen Luft bespielsweise hilft enorm bei der Oberkörpermodellierung. Holzhacken mit nacktem Oberkörper sorgt für eine gute Mischung aus Form und Farbe.

Ein gutes T-Shirt ist schlicht weiß, hat vor der Wäsche dieselbe Form wie danach und ist aus matter Baumwolle. Oberkörper hin oder her, Untersuchungen haben ergeben, dass es einen Grund gibt, warum so viele Männer in merkwürdigen lappenartigen Säcken, *so called* T-Shirts, herumlaufen: Männer kaufen T-Shirts instinktiv in Größe L, ohne lange zu überlegen. M oder S erscheint ihnen zu klein, vor XL fürchten sie sich. Deshalb greifen sie immer zu den Packungen, auf denen L steht. Leider sind immer mindestens zwei Shirts in einer Packung, das macht mindestens zweimal Trompetenärmel de luxe.

Smarte Männer wissen das und kaufen ihre T-Shirts einzeln. Sie lassen sich dabei von einer einfühlsamen

Wäscheladenbesitzerin mit Apfeldekolleté beraten. Sollte die Apfelbestückte es zu erwähnen vergessen: Männer mit starker Brustbehaarung verzichten auf einen V-Ausschnitt. Wir wissen, warum. James Dean und Marlon Brando wussten es auch.

Mit Sprüchen, Plattenlabel-Logos oder anderem Unsinn bedruckte T-Shirts gehören in die Altkleidersammlung.

Socken

Ein Mann trägt schwarze oder graue Socken. Zu hellen Anzügen sollten es pastellfarbene sein. Seine Socken sind nicht völlig verwaschen, gehören zusammen, haben keine Löcher und riechen kaum. Sie haben keine Aufschrift, etwa: »yeah«, und sehen nicht aus wie ein Comic.

Sie wurden auch nicht im Zehnerpack im Supermarkt gekauft, sondern im Strumpfgeschäft, vielleicht sogar bei Fogal. Sicher ist sicher.

Männer, die im Sommer Füßlinge tragen, um sich und ihre Schuhe zu schonen, tragen auch Slip-Einlagen.

Der Manschettenknopf

Ein Mann trägt Manschettenknöpfe natürlich immer zum Smoking, aber auch sonst nur unter Jacketts. Also niemals ein Manschettenhemd ohne Jackett zu einer Hose, etwa gar zu einer Jeans. Manschettenknöpfe dürfen alt, geerbt, aus achtzehn Karat Gold, mit Edelsteinen verziert oder aus Perlmutt sein.

Was sie aber niemals sein dürfen ist witzig. Leider

hat unser sonst so beispielhafter Freund Sir Paul Smith gerade auf diesem Terrain Furchtbares angerichtet: In seiner Schmuckkollektion (da geht es schon los: eine Schmuckkollektion für Männer!) finden sich leider die schlimmsten Manschettenknöpfe der Welt. Sie sollen witzig sein, jung, flippig.

Leider gibt es sehr viele junge, witzige, flippige Männer, die diese Manschettenknöpfe (bunte Spiralen oder Augen auf Silber) gern zu ihren engen Stretchhemden tragen. Oder sich von Sieglinde zu Weihnachten schenken lassen.

»Ich schenk Uwe so Manschettenknöpfe von Paul Smith, die sind superwitzig«, erzählt Sieglinde dann ihren staunenden Kolleginnen in der Agentur.

»Die sehen bestimmt super aus zu seinem blau-rot geblümten Boss-Hemd.«

Ja, ganz bestimmt, Sieglinde. Zum Totlachen.

Schmuck

Der Schmuck eines Mannes ist seine Uhr. Wenn er ein gefährlicher Gangster, R&B-Millionär oder gläubiger Moslem ist, kann er zusätzlich eine massive Goldkette um den Hals tragen. Alles andere wie Totenkopfringe, Rockerarmbänder, Nieten und Ketten oder Brillanten im Ohrläppchen gehört auf den Schulhof oder in den Sado-Maso-Shop.

Deswegen muss man sich auch hier wieder fragen: Was ging in Sir Paul Smith vor, als er sich für eine witzige Schmuckkollektion für Männer entschied? Er selbst wurde noch nie mit einem seiner mit Eidechsen bemalten Armbandentwürfe am Handgelenk gesehen. Komisch.

Der Gürtel

Ein Mann muss seinen Hosen trauen. Hoffnungen im Sinne von »Die werden schon nicht runterfallen« sind Aberglaube.

Sexy Frank alias Henry Fonda in *Spiel mir das Lied vom Tod* sagt voller Verachtung zu seinem Auftraggeber:

»Soll ich einem Mann trauen, der Hosenträger trägt? Einem Mann, der noch nicht mal seinen eigenen Hosen traut?«

Ein Mann muss eins mit seinem Gürtel sein. Er versucht nicht über seine Gürtelschnalle zu kommunizieren. Deshalb sind auch hier feuerspuckende Drachen, Totenköpfe und goldene Hs nicht angebracht. Ein Gürtel besteht aus dickem Leder und einer schlichten Schnalle, mehr nicht. Es kann auch Alligatorbauchleder und eine Schnalle aus Gold oder Silber sein, aber dann ist Ruhe.

Pyjamas

Niemand trägt heutzutage noch Pyjamas. Aber es ist gut, einen zu besitzen. Sollte mal Besuch über Nacht bleiben, kann er ihr das Oberteil zum Schlafen geben. Der Mann trägt bei der Gelegenheit vielleicht die Hose dazu, weil nackte Waden kein schöner Anblick sind (siehe auch das Kapitel *Shorts* und *Ausziehen*).

Ein Männer-Pyjama sollte blau oder weiß oder blauweiß gestreift und aus feiner Baumwolle, niemals aber aus Seide, Satin oder Flanell sein. Auch Snoopy-Muster oder Werder-Bremen-Logos sorgen für kummervolle Reaktionen.

Ein Mann im Pyjama muss so eindringlich aussehen wie Paul Newman, der in *Die Katze auf dem heißen Blechdach* fast den ganzen Film hindurch in einem hellblauen Schlafanzug steckt. Da er zum Glück sehr viel dazu trinkt, bricht ihm dabei aber kein Zacken aus der Krone.

Feuerzeug

Ein Mann hat immer ein Feuerzeug bei sich, auch wenn er Nichtraucher ist. Ein zeitloses Modell von ST Dupont ist beides: edel und effektiv.

Vorsicht bei Zippos! Die stinken und assoziieren: Achtung Cowboy!

Ein Einwegfeuerzeug ist nur erlaubt, wenn es von einer Reise mitgebracht wurde und eine Aufschrift trägt wie *Vincente Huego Installationes apartado de correos San Jose.*

Wer Feuerzeuge stiehlt, traut sich nicht an mehr.

Wer zu Streichhölzern greifen muss, gibt erst sich selbst Feuer. Um die Lady vor giftigen Schwefeldämpfen zu schützen.

Drei Dinge dürfen in der Garberobe eines Mannes niemals auftauchen:

1. Regenschirm. Auch kein Knirps
2. Handschuhe. Außer, sie sind für seine Harley
3. Hausschuhe.

Konflikte

Meide die Unglücklichen.
Die ziehen einen nur runter.

Julia Werner

Ein Mann kämpft mit anderen Männern, wilden oder gezähmten Tieren oder Außerirdischen. Aber nie mit einer Frau.

Ein Mann kann eine Frau aufbegehren sehen, er kann sich auch über sie lustig machen, niemals aber darf er sie schlagen.

Ein Mann muss es mit einer Frau alleine aufnehmen können, auch wenn diese sehr aufgebracht sein sollte.

Nur eine Susi hat Angst vor einer Frau. Er hat Angst vor Geschrei, Vorwürfen, bohrenden Fragen. Wenn es ihm zu viel wird, dann lügt er, die feige Susi, oder duckt sich und tut, als wäre er nicht da. Dann wird seine Frau, die saure Sieglinde, die sowieso schon wütend ist, weil sie statt eines echten Mannes eine ängstliche Susi abgekriegt hat, noch wütender, und alles wird ganz, ganz schlimm für die arme Susi.

Ein Mann wird mit einer Frau fertig, ohne fremde Hilfe in Anspruch zu nehmen. Fremde Hilfe meint hier Instanzen wie Polizei oder Anwälte. Es ist gleich peinlich, solche Instanzen zu rufen oder auch nur mit ihnen zu drohen. Vor allem dann, wenn es um die eigene Frau oder Freundin, Exfrau oder Exfreundin, Geliebte oder Exgeliebte geht.

Solche Drohungen, von einem Mann einer Frau gegenüber ausgesprochen, wirken etwa so, als wenn man aus Hubschraubern Agent Orange über Wohngebiete sprühen würde, in denen im Sommer kleinere Mückenschwärme vermutet werden.

Ein Mann sollte in einer Frau niemals einen Gegner sehen. Schon gar keinen ebenbürtigen.

In dem Film *Casino* verliert Robert de Niro zum Schluss seine ganze mühsam gewahrte Contenance. Seine Frau, Sharon Stone, vor ihrer Ehe das angesagteste Callgirl der Stadt, ist kokainsüchtig, schläft mit seinem Geschäftspartner und unterstützt mit seinem Geld ihren ehemaligen Zuhälter. So etwas kann einen Mann schon mal dazu anregen, seine Ehe noch einmal zu überdenken.

Er wirft sie also aus dem gemeinsamen Eigenheim in den gepflegten Vorgarten. Sie heult und schreit: »Gib mir meine Juwelen, du Schwein.«

Die Nachbarn strecken die Köpfe über den Zaun, und er ruft tatsächlich die Bullen! Damit schießt er sich doppelt in den Fuß:

1. Er blamiert sich. Die Bullen zu holen, weil seine Frau ein bisschen randaliert, ist für einen Casino-König von Las Vegas armselig. Vor allem, wenn man wie er selbst ausreichend Dreck am Stecken hat.

2. Sie benutzt danach die Cops, um mit deren Hilfe an die Juwelen zu kommen. Ätsch.

Es sind interessanterweise immer ähnliche Situationen, in denen Männer, die keine mehr sind, weil sie die Kontrolle über die Frau verloren haben, glauben, professionelle Hilfe in Anspruch nehmen zu müssen:

1. Sie würde sich gern lauthals mit ihm streiten. Er hat natürlich keine Lust auf Streit. Er schweigt. Sie schlägt ihn/wirft Gegenstände aus dem Fenster/zerreißt seine Hemden. Er droht mit den Bullen. Sie greift nach größeren Gegenständen, z. B. nach seinem Flachbild-Fernseher. Er ruft die Bullen und ist noch stolz auf sich, weil er keine Anzeige erstattet. Ruhe mit polizeilicher Gewalt herzustellen, ist feige und nur Hamstern vorbehalten (die beißen hinterhältig, rennen dann weg und verkriechen sich). Lösung: Er packt sie hart am Arm, zwingt sie, sich zu setzen (im Sitzen randaliert es sich schlecht), und sagt: Du siehst unglaublich sexy aus, wenn du wütend bist. Danach ist Ruhe.
2. Er betrügt sie. Sie verprügelt den Stein des Anstoßes, also die andere Frau, die natürlich sofort Anzeige erstattet. In diesem Fall trägt er die komplette Verantwortung, sowohl für die verteilten Ohrfeigen als auch für die Folgen der Anzeige. Die Susi tut jetzt so, als hätte sie mit der ganzen Sache nichts zu tun. Das ist sehr, sehr unsexy. Erst Unheil anrichten und sich dann verstecken. Auch wenn es den beiden

Frauen nicht gleich auffällt, mit was für einer Lusche sie es zu tun haben, die anderen Männer merken es sofort. Lösung: Er zahlt die Anwälte und die Geldbuße. Danach bricht er zu beiden den Kontakt ab und sucht sich eine neue Missus. Auf dieser verbrannten Erde wächst nämlich kein Gras mehr.

3. Sie findet ihn zum Kotzen. Bevor sie ihn verlässt, verhökert sie noch ein paar von seinen Lieblings-Designerklamotten bei eBay. Sie ändert ihre Telefonnummer und verlässt die Stadt. Er hetzt ihr seine Anwälte auf den Hals. Wegen ein paar Jacken. Seine Motivation: Kleinkariertheit und Neid, weil sie besser mit dem eBay-System klarkommt als er. Wer wegen des Verlusts materieller Dinge finanziell und moralisch dermaßen den Boden unter den Füßen verliert, soll sich lieber gleich an seiner Guccihose aufhängen. Oder nur bei C&A kaufen, das Zeug geht dann direkt nach Bosnien, ohne den eBay-Stress. Damit will sich dann auch kein Anwalt mehr befassen. Lösung: Hier gibt es nichts zu lösen.
4. Während eines Streits will er einfach gehen. Sie stellt sich ihm in den Weg, will weiterstreiten. Er versucht sie wegzuschubsen. Sie hält sich fest, obwohl es wehtut. Sie sagt etwas sehr Gemeines zu ihm, vielleicht kommt das Wort »Schwächling« oder das Wort »Eier« darin vor. Er schlägt ihr ins Gesicht. Sie blutet an der Lippe. Sie wischt sich das Blut vom Mund und stellt sich ihm erneut wacker in den Weg. Er zerrt sie an den Haaren über den Boden, tritt ihr in die Rippen und schlägt auf sie ein. Dann, während sie noch am

Boden liegt, rennt er schnell aus dem Haus. Raus aus der Gefahrenzone, in Sicherheit. Später wird er vor seinen Freunden rumheulen, er habe noch nie eine Frau geschlagen, dies sei das erste Mal gewesen. Seine Freunde werden ihn bedauern. Sie wissen, dass es sehr langweilig ist, Frauen zu schlagen. Die können sich ja noch nicht einmal wehren, sondern fangen nur an zu heulen, bluten aus der Nase und kriegen unschöne Flecke. Das ist so, als würde man mit einem Baseballschläger seinen Jaguar XJ 12 Baujahr 1980 zerschlagen, weil er die Sicht versperrt. Wirklich blöd. Auch hier wäre die Lösung aus unserem Beispiel Nr. 1 die richtige gewesen. Nachdem sie das sehr Gemeine zu ihm gesagt hat.

Ein Mann, der mit Frauen kämpft, hat Angst vor anderen Männern. Wer um Hilfe ruft, würde am liebsten nach Mutti rufen. Ein Mann kämpft mit gleichwertigen Gegnern. Sonst ist es ja kein Kampf, kein Kräftemessen.

Umgekehrt ist das was anderes. Denn die Frau nimmt es mutigerweise ganz allein mit einem viel stärkeren Gegner auf und nimmt dabei in Kauf, dass sie mit schweren Verlusten rechnen muss. Aber die Sache ist es ihr wert, und sie zieht mutig in den ungleichen Kampf. Und trägt ihre davongetragenen Wunden mit Würde.

Während Susi nach Hilfe ruft.

Körperpflege

Eau de Cologne sollte nie fürs Gesicht verwendet werden, da der hohe Alkoholanteil die Gesichtshaut austrocknet und sie älter aussehen lässt.

Patrick Bateman

Auch wenn der kluge Mann weiß, dass die sexieste Stelle seines Körpers sein Gehirn ist, achtet er auf den Rest. Achten heißt: sanft formen und pflegen. Denn er ist sich der Macht seines Körpers und seiner Gesamtausstrahlung bewusst.

Er weiß, dass Fettleibigkeit nur kolumbianischen Drogenbaronen gestattet ist. Die dürfen sich stolz auf ihre Körpermitte klatschen. Ein Mann weiß auch, dass ein kleiner gemütlicher Bauch für ihn nicht infrage kommt. Frauen, die behaupten, sie fänden seinen kleinen gemütlichen Bauch süß, haben meist einen geheimen Zweitfreund ohne kleinen gemütlichen Bauch.

Lange Zeit waren Körperpflegeprodukte mit der Duftnote »Mann« alles andere als wohlriechend. Trotzdem wurden sie von Männern gekauft, die sich lieber mit Axe-Männerduschgel als mit Liasan-Intimlotion waschen wollten. Was blieb ihnen auch anderes übrig?

Männer waschen sich mit dem, was sie im Badezimmer vorfinden. Jede Frau kennt das: Sie schraubt eines

Morgens nichts Böses ahnend den blassblauen Tiegel ihrer Hundertachtzig-Euro-Gesichtscreme aus reiner Seide von Kanebo auf und sieht den monströs tiefen Abdruck eines sehr dicken Männerfingers.

Niemals würde eine Frau mit ihrem Finger auf diese Art und Weise irgendwo hineinbohren, geschweige denn in etwas, wo Kanebo draufsteht.

»Sag mal, hast du meine Creme benutzt?«, wird sie mit zitternder Stimme aus dem Badezimmer rufen.

»Ja, ich hatte so trockene Hände«, bekommen ihre armen Ohren zu hören.

Sie wird nichts mehr sagen, aber ihre Augen werden sich mit Tränen füllen angesichts von so viel Grausamkeit. Sie weiß, dass er ihre Traurigkeit wegen etwas Handcreme nicht verstehen wird.

Die Kosmetikindustrie hat von diesen Vorfällen Wind bekommen und zum Glück gehandelt: Nach und nach tauchen in feinen Parfümerien ganze Regale von griffigen Männerpflegeserien in vornehmen Autolackfarben auf.

Kluge Männer, die weder abhängig sein noch nach Axe riechen wollen, lassen sich von Vertrauen erweckend gut riechenden Parfümeriefachverkäuferinnen mit allem Nötigen und Unnötigen ausstatten. Stolz tragen sie ihre teure Beute nach Hause, und ihre Missus macht drei Kreuze. Endlich kann sie ihren japanischen Seidenkram wieder aus dem Versteck holen. Jetzt hat er ja seine eigenen Sachen. Eigentlich müsste Ruhe sein.

Falsch gedacht. Es war nicht Ruhe.

Die Glücklichen, die mit ihren Fingern jetzt in den

eigenen Tiegeln bohren dürfen, so viel sie wollen, werden plötzlich von Lifestyle-Redakteuren und Trendforschern als schwul, metrosexuell oder *just gay enough* abgetan. Nur weil sie ihr Duschgel nicht mehr bei Schlecker, sondern in besserer Ausführung bei Douglas kaufen? Weil sie sich kein alkoholhaltiges Aftershave mehr in ihre frisch rasierten Gesichter reiben, sondern eine beruhigende Lotion?

Nein, da liegt ein Irrtum vor, wegen so was ist niemand eine Lusche, wirklich nicht. Höchstens sauber, gepflegt, wohlriechend und deshalb glücklich.

Ein Mann kann sich cremen, waschen und gelen, so viel er will, solange er dabei seine eigenen Sachen benutzt, es nicht dreimal am Tag tut und danach nicht so stark parfümiert ist wie eine anatolische Hochzeitsgesellschaft.

Generell ist bei Aftershave und Eau de Cologne Vorsicht geboten. Weniger ist mehr. Erst bei einer Körperdistanz von fünf Zentimetern sollte sein Parfüm bewusst gerochen werden.

Ein Mann sollte in Sachen Körperpflege lässig sein. Wie in allen anderen Dingen auch: lässig, nicht nachlässig. Sauber und gepflegt, aber mit dem Anschein, die Welt könnte ihm den Buckel runterrutschen.

Dean Martin hat sich sicher nicht mit Whisky gewaschen, aber trotzdem ist bisher noch niemand auf die Idee gekommen, er habe im Einklang mit seiner inneren Frau gelebt.

Nicht jeder Mann, der ein Clinique-Face-Scrub und

ein Calvin-Klein-Deodorant besitzt, muss sich fragen: Bin ich etwa ein Metrosexueller? Nein, an dieser Stelle ist mal wieder alles missverstanden worden.

Sich mit geeigneten Produkten um seinen Körper zu kümmern heißt noch lange nicht, im Einklang mit der Welt der Frauen zu leben. Es verkürzt nur den Weg zu den Frauen bzw. zu ihren Betten. Was für alle Beteiligten von Vorteil ist.

Der Grat zwischen »männlich-gepflegt« und »pudrig« ist sehr schmal.

Generell gilt: Männer pflegen sich routiniert. Sie sind, im Gegensatz zu Frauen, nicht an neuen Produkten oder Wundermitteln interessiert. Sie wissen von ihrem Großvater, was zu tun ist. Seit sie sich den ersten Oberlippenflaum zum ersten Mal rasierten.

Und: Ein Mann legt bei seiner Körper- und Gesichtspflege Wert auf adäquate Gesellschaft: Männer lassen sich nur mit und von Männern verschönern.

Ein Besuch im Beauty-Spa kommt somit für Männer nicht infrage. Erst Recht nicht in weiblicher Begleitung.

Es ist der letzte Tag ihrer Reise. Er hat angekündigt, für den letzten Tag eine Überraschung für sie bereitzuhalten. Seit Tagen redet sie davon, wie gern sie einmal ein Kamel reiten würde. Das jetzt als Überraschung anzukündigen findet sie nicht einfallsreich. Aber dass Originalität nicht seine größte Stärke ist, wusste sie schon, und außerdem: Hauptsache Kamel. Also ist sie lieb und dankbar und freut sich auf die Überraschung.

Er hat ein Taxi kommen lassen und drückt dem Taxifahrer einen Zettel, den er aus einer Zeitschrift ausgerissen hat, in die Hand. Die Fahrt dauert viel zu lang, es ist heiß auf den Kunstledersitzen des alten Peugeots. Nach zehn Minuten ist der Stoff ihres Kleides unter den Schenkeln und auf dem Rücken durchgeschwitzt. Egal jetzt, denkt sie, der Kamelreitwind wird sie sofort wieder trocknen, und dreht sich ihre Haare zu einem Knoten zusammen. Auch die Haare sind mittlerweile nass, ihr Nacken, die Innenseite ihrer Schenkel. Zwischen ihren Brüsten laufen ganze Bäche Richtung Bauchnabel. Sie fächelt sich mit ihrer kleinen Balenciaga-Handtasche Luft zu. Er dampft neben ihr. Um neben ihr nicht zu jung auszusehen (seine ständige Sorge), trägt er einen hellbeigen Sommeranzug aus Baumwolle, weiß-braune Budapester und ein gelbbraun gestreiftes Hemd. Auf seiner sonnenverbrannten Gesichtshaut hat sich ein dicker Schweißfilm gebildet, ähnlich wie bei Nilpferden, die damit ihre Epidermis vor Sonne schützen.

Das Taxi hält. Sie sind in der Neustadt in einer Einkaufstraße, der Avenue Mohammed V. Er zahlt das Taxi. Beim Aussteigen rutscht sie mit ihrem dünnen Kleid auch noch über die Stelle, wo er gesessen hat. Da ist jetzt ein kleiner See. Ihr Kleid ist nur noch ein einziger hellgrüner zerknitterter Lappen mit dunkelgrünen nassen Flecken. Sie wischt sich mit dem Unterarm den Schweiß erst von der Stirn und dann vom Nacken. Alles ist glitschig und riecht nach dem im Riad benutzten *Aqua di Parma Blu Mediterraneo* Körperöl. Ihren armen Pucci-Schlapphut kann sie nicht mehr aufsetzen. Die Schweiß-Make-up-Soße auf ihrer Stirn sollte mit nichts in Verbindung gebracht werden, das nicht ausgekocht werden kann. Sie wird mit einem Sonnenstich vom Kamel fallen, ohne Kopfbedeckung.

Es ist mittlerweile 12 Uhr mittags und damit viel zu spät für einen Ausflug. Aber schneller war es einfach nicht zu schaffen. Wenigstens hatten sie sich an diesem Morgen nicht gestritten.

»Wo sind die Kamele?«, fragt sie und blickt sich auf der schnurgeraden, endlosen Straße um. Weit und breit nur Geschäfte und Hotels.

Er lacht.

»Komm.«

Er nimmt sie bei der Hand und zieht sie in einen Hauseingang. Sie liest: *Morrocco Exclusive Beauty Spa.*

»Das ist meine Überraschung für unseren letzten Tag. Wir müssen doch gut aussehen, wenn wir wieder zu Hause sind, und ich wollte da immer schon hin, hab in der GQ was drüber gelesen, das ist ganz toll, die machen *Facial* und alles, was du willst. Und das Schönste: Hier arbeiten nur Mädchen aus Frankreich.

Sie könnte heulen. Sie hasst Beauty-Spas – und spricht kein Wort Französisch. Sie kann sich nichts Schlimmeres vorstellen, als jetzt hier »behandelt« zu werden. Von einer fremden Frau, die nur Französisch spricht.

Innen ist alles rosa. Zwei kleine Marokkanerinnen, die so tun, als wären sie in Frankreich aufgewachsen, führen sie in getrennte Kabinen. Er erklärt, dass sie zweimal dasselbe mit irgendeiner Spezialbehandlung möchten.

Die Marokkanerin hält ihr in der Kabine, in der es so aussieht wie in allen anderen Kosmetiksalons der Welt auch, einen rosa Kittel hin. Sie zieht ihren grünen Marc-Jacobs-Lappen aus und schlüpft angewidert in den Kittel.

Was für ein Scheißleben, denkt sie, und legt sich auf die Liege. Sie schließt die Augen und versucht alles um sich herum zu vergessen. Sich vorzustellen, wie sie, auf dem Rücken eines sanften Kamels sitzend, die Bewegungen des Tieres mit ihrem Körper abzufedern versucht.

Das marokkanische Mädchen beginnt ihre Augenbrauen zu zupfen, es tut schrecklich weh. Wenn sie es selber macht, spürt sie es gar nicht. Das Ganze ist alles andere als entspannend.

Immerhin sind die Räume klimatisiert, denkt sie, wenigstens das.

Er liegt gleich nebenan, sie sind nur durch eine Stoffwand getrennt. Sie hört, wie er dem Mädchen erklärt, sie solle ihm bitte alle Pickel und Mitesser ausdrücken. Nicht hinhören, denkt sie, ich reite, ich reite.

Das Kamel läuft langsam durch den heißen Sand, es hat nur ein Seil um den Kopf, das sie als Zaumzeug in der Hand hält. Am Horizont glitzert eine Kasbah. Der Kelim, der auf dem Rücken des Tieres liegt, kratzt an ihren nackten Unterschenkeln. Sie reitet etwas schneller, es fühlt sich weich und federnd an. Sie klemmt sich den Rock unter ihre Knie, damit er von der Brise nicht hochflattert. Zwischen ihren Zähnen knirscht der Saharasand.

Seine laute Stimme reißt sie vom Kamelhöcker:

»Schatzili, hast du auch gerade dieses kalte Gel im Gesicht, das so brennt?«

Sie antwortet nicht. Ihre Lippen formen langsam, aber lautlos ein Wort:

»Idiot.«

Das Mädchen, das sich über ihre Augenbrauen gebeugt hat, lacht plötzlich los und sieht sie belustigt an.

»Schatzili? Bist du da? Warum sagst du denn nichts?«

Wie erwähnt verließ sie ihn kurz nach dieser Reise.

Nicht umsonst ist der Barbier in orientalischen Ländern das, was der Frisörsalon für Frauen ist. Aber nicht nur im Orient, auch auf unserer richtungsweisenden Insel England nutzen Rechtsanwälte, Bankiers und andere seriöse Herren ihre Mittagspause gern, um sich im Barbershop für Gentlemen rundum erfrischen zu lassen (der angesagteste gehört dem neununddreißigjährigen Londoner Nachtclubbesitzer Piers Adam): Haarschnitt, Gratis-Duschen, Schuhputzservice, Nassrasur mit heißen Tüchern und speziellen Lotionen oder auch eine Shiatsu-Massage gegen Stress. In Adams Barbershop bekommen Stammkunden innerhalb von vierundzwanzig Stunden einen Termin, und die bevorzugte Frisur wird in einem Karteisystem messerscharf dokumentiert. Dann heißt es mit der bekannten britischen Diskretion: »Please, take a seat. The same procedure as last time?«

In der Ecke prasselt ein Kaminfeuer, und den auf dunklen Wildledersofas sitzenden Herren werden alle denkbaren Drinks angeboten.

Was soll daran unmännlich sein? Nichts ist daran unmännlich, im Gegenteil! Männer sind dort unter sich und wissen, dort werden sie verstanden. Sie müssen nicht in einem neonhell erleuchteten Frisörsalon einem dünnen Jüngling mit Zungenpiercing und grün-weiß gestreifter Irokesenfrisur zu krachend lauter Technomusik erklären, dass sie gern die Haare so hätten wie Robert Redford in *Der große Gatsby*.

»Wer ist Gatsby?«, würde der grün-weiß gestreifte Jüngling näseln.

Solche Institutionen gibt es wahrscheinlich nur in England, wo gepflegte männliche Eleganz, gepaart mit dem Bedürfnis nach dem Unter-sich-sein-Wollen, wie es in Herrenclubs praktiziert wird, Tradition ist und nichts Anzügliches hat.

Love

I don't feel attracted to women.
But unfortunately I'm not gay.

Dirk Dreyer

Ein Mann erobert eine Frau, nicht umgekehrt. Er ist dabei hartnäckig und leidenschaftlich. Nur Eierköpfe lassen sich von Frauen erobern, weil sie sich selbst nicht trauen oder über den Sexdrive alter Wasserechsen verfügen.

Er scheut weder Kosten noch Mühen, um ihr Herz zu gewinnen. Man erinnere sich, wie Gunter Sachs um Brigitte Bardots Hand anhielt, als er aus dem Hubschrauber über ihrer Villa in Saint-Tropez rote Rosen regnen ließ. Oder, wer diese Geschichte nicht mehr hören kann, wie Simon LeBon von Duran Duran monatelang in der Modelagentur seines Schwarms Jasmin anrief und ausrichten ließ, er sei enorm an einem Date interessiert. Genauso oft ließ Jasmin ihm ausrichten, sie habe nicht die Absicht, ihren Freund zu verlassen, ein Treffen komme nicht infrage. Nun, alle wissen, Jasmin LeBon gebar ihm drei prächtige Töchter. Die beiden sind heute noch ein ordentliches Ehepaar.

Ein Mann muss in die Frau, um die er wirbt, schockverliebt sein. Er muss sie um jeden Preis wollen, sie muss ihm so gut gefallen, dass er an nichts anderes mehr denken kann als an das nächste Treffen mit ihr.

Ein Mann weiß, dass Frauen erobert werden wollen. Wer nicht die Energie hat, so lange frisch getötete Mäuse vor die Haustür seiner Angebetenen zu legen und dazu zu sagen: »Sieh mal, habe ich für dich getötet. Ist noch ganz warm«, bis sie ihn erhört, der ist entweder nicht verliebt oder zu wenig von sich überzeugt. Bei Ersterem kann man nichts machen, denn ein Mann verliebt sich entweder sofort oder gar nicht. Bei Letzterem, nun – muss er eben alleine bleiben, wenn er zu schwach oder zu faul ist, eine Frau von sich zu überzeugen.

Eine Frau fühlt sich mit einem Mann nur wohl, wenn sie sich weiblich fühlt. Neben einem Mann, der sie nicht umwirbt, kann sie sich nicht weiblich und somit nicht wohl fühlen.

Es fällt schwer zu glauben, aber auch Männer, die Shorts und Sandalen tragen, keinen Führerschein besitzen, sich vegetarisch ernähren und regelmäßig Yoga-Kurse besuchen, bleiben nicht allein. Auch chronische Lügner und Schwätzer nicht und auch nicht die, die erst die Hose und eine halbe Stunde später die Socken ausziehen.

Es gibt immer eine Frau, die sich über das freut, was eine andere gelangweilt in die Ecke geworfen hat. Diese Frauen umwerben den Eierkopf so lange, bis der sich denkt:

»Warum nicht?«

Dann freuen sich diese Frauen, dass sie ihn endlich rumgekriegt haben und er bald merken wird, was er an ihnen hat. Sie sehen ihren Vorteil darin, dass sie so anspruchslos und anpassungsfähig sind, sich ohne Murren in sein durchgesessenes Ikea-Sofa-Dasein einzufügen, und zwar so widerstandslos, wie es keine vor ihnen geschafft hat.

Der Mann wird für diese Frauen natürlich nichts vom Baum holen. Sie können froh sein, wenn sie neben ihm auf der nicht ganz so durchgesessenen Seite sitzen dürfen. Wenn sie irgendwann vom Sofa rutschen, wird er es unter Umständen gar nicht bemerken. Aber diese Frauen wollen es nicht anders. Sie denken japanisch.

Ein Mann, der sich nicht sofort derart in eine Frau verliebt, dass sein Testosteronspiegel in unermessliche Höhen schießt, wird es auch später nicht mehr tun. Das Testosteron aktiviert seine Aggression und damit seinen Sexdrive. Er verhält sich plötzlich so, wie er sich vorher noch nie verhalten hat. So sagt er zum Beispiel beim ersten Date, am Freitag, zum Abschied:

»Wann sehen wir uns?«

Und sie antwortet gespielt gelangweilt:

»Wir können ja nächste Woche mal telefonieren.«

»Ich komme Sonntag von einer Geschäftsreise zurück. Warum sehen wir uns nicht gleich am Sonntag?«

»Ja, warum nicht.«

Nun ist die Testosteronproduktion dieses armen Menschen so aus der Kontrolle geraten, dass er am nächsten Abend schon anruft, um ihr zu sagen, dass er früher zurück sein wird oder gar nicht erst fliegt und sie sich Samstag schon sehen können. Leider hat sie Samstag keine Zeit. Einen echten Mann macht das sehr wütend. Und sie noch interessanter.

Wenn er etwas will, dann will er es sofort. Nur Versager haben Zeit zu warten. Und Versagerinnen die Angst, er könnte das Interesse verlieren und sich nie wieder melden, wenn sie einmal absagen. Und lassen die Chanel-Anprobe mit Karl Lagerfeld für ein bisschen Sushi mit Susi sausen. Was natürlich Blödsinn ist. Ein Mann wirft nicht einfach so das Handtuch. Denn für einen Mann gilt: Der Weg ist das Ziel.

Frauen dagegen können sehr lange auf ihr Opfer oder den richtigen Augenblick warten. Manche Frauen warten Jahre, auch oder gerade, wenn er noch in anderen Händen ist. Dabei ist es so unbefriedigend zu warten, wenn einen keiner holt und umwirbt.

Ein Mann, der verliebt ist, benimmt sich so, dass keine Zweifel über seine Absichten bleiben. Benimmt er sich nicht so, ruft also nicht an, sagt Treffen ab und der ganze Kram, der Frauen zu stundenlangen Telefonanalysen mit Freundinnen treibt, gibt es dafür nur einen Grund: Er will nicht. Und Schluss.

Liebe Mauseloch-Observiererinnen, seht mal aus euren Fenstern, denn in Wahrheit ist es doch so: *So many boys, so little time.*

Egal, wie cool ein Mann ist, beim Thema Trennung sind sie alle Susis.

Männer trennen sich nicht. Entweder benehmen sie sich so schlecht, dass sie die Entscheidung abgenommen bekommen, oder sie suchen sich noch eine Parallellösung, eine Zweitfrau, die die Erstfrau erträglicher macht.

Und das geht nur, weil ihnen die Option Parallellösung offener steht als ihren Partnerinnen. Für Frauen gibt es nur eine Möglichkeit, auf einen neuen Mann zu stoßen: indem sie sich von dem alten trennen.

Männer hingegen haben es leichter, sich neben der Erstfrau noch eine Geliebte zu erlauben, weil es einfach mehr Frauen gibt, die bereit sind, die Rolle des Part-time-Lovers zu spielen. Männer sind sich zu schade für diesen Job.

Außerdem lässt ein Mann sich schon aus Ehrengründen nicht mit der Frau eines anderen ein. Ein Mann lässt auch nicht zu, dass ein anderer Kerl seine Geliebte anfasst. Auch dann nicht, oder besser erst recht nicht, wenn es sich bei diesem Kerl um den Ehemann der Lady handelt. Sollte es zu einer Konfrontation kommen, könnte es sein, dass Herr Dr. Oberarzt Herrn Bankdirektor plötzlich auf die Nase schlägt. Und niemand kann sich erklären, was plötzlich in die kultivierten Herren gefahren ist, denn so kennt man sie beide nicht. Herr Dr. Oberarzt wird sich eben nie heimlich mit Frau Bankdirektor treffen.

Das ist das Doris-Schröder-Köpf-Dilemma. Niemand wird es je wagen, Gerhard Schröder die Frau auszuspannen. Pech für die Ladys, Glück für Herrn Beckenbauer und Freunde.

Echte Männer kommen für liierte Frauen also nicht infrage. Also können sich Frauen in festen Händen mit bösen Absichten nur mit Luschen treffen, die ohnehin froh sind, wenn sie nur die halbe Arbeit haben. Die andere Hälfte macht ein anderer für sie.

Ein Mann ist manchmal ganz gern eine Zeit lang allein. Auch wenn es etwas länger dauert. Dann kann er in aller Ruhe seinen Männerfilm schieben und sich freuen, wenn die nächste Missus auftaucht. Die kann dann eleganten Fußes einen aufgeräumten Männerplaneten betreten. Er hat in der Zwischenzeit Zeit gehabt zu merken, wer er ist.

Ein Mann sucht nicht nach Bestätigung, sondern nach dem besten Freund in Form der tollsten Frau der Welt.

Ein Mann weiß auch, dass es *Miss Right* nicht gibt. Es gibt nur *Miss Right now*. Und dann geht es weiter. Nichts ist für ewig. Auch nicht die Ehe. Das denken nur hirngewaschene Karrieretypen Anfang dreißig, die glauben, mit einer Marketing-Assistentin als Ehefrau liest sich ihr Lebenslauf besser.

Einige Jahre später sind sie dann geschiedene Wochenendväter mit zwei kleinen Kindern, einem gedrittelten Einkommen und einem Verhältnis mit ihrer zweiundzwanzigjährigen Sekretärin. Dabei hätte alles so schön werden können.

Wozu die Eile? Diese jungen Karrieretypen muss man warnen:

Augen auf beim Geschlechtsverkehr, boys!

Eine Frau muss den Mann, der sie zu seiner Missus auserkoren hat, bewundern. Sonst stimmt die Balance nicht. Eine Frau, die ihren Mann bewundern kann, hat auch nicht ständig etwas an ihm auszusetzen. Männer ertragen es nämlich nicht, ständig kritisiert zu werden oder vorgeschrieben zu kriegen, was sie tun sollen (siehe auch das Kapitel *Arbeit*). Sie werden dann erst mutlos und dann böse. Oder umgekehrt.

Deshalb tritt er ihr gegenüber von Anfang an so auf, dass sie sich nicht traut, an ihm herumzunörgeln oder ihn kontrollieren zu wollen, weil sie weiß, was sie sich damit antut.

Ein Mann achtet schon bei der Brautschau darauf, dass die Auserwählte über die Fähigkeit zur Bewunderung verfügt. Nicht jede Frau kann jeden Mann bewundern. Aber ohne Bewunderung geht es nicht. Er muss so lange suchen, bis er eine Missus findet, die zu ihm passt.

Ein Mann lässt sich nicht zum Spielzeug oder zum Sklaven einer Frau machen. Umgekehrt ist auch sie nicht sein Spielzeug, jedenfalls nicht immer, und er lässt sich nicht von ihr bedienen und bemuttern. Um das zu vermeiden, legt ein Mann Wert darauf, dass keiner vom anderen abhängig ist. Abhängigkeit markiert den Anfang eines steinigen Weges, der geradewegs in die Hölle führt. Und nicht mehr raus.

Deshalb achtet ein echter Mann darauf, dass seine Missus einen Job hat, in dem sie ihre weibliche Führungsstärke ausleben kann. Das macht sie ausgeglichener und befreit sie von dem Wunsch, mit ihrem Mister Armdrücken zu spielen.

Ein Mann tut die Dinge, die ihm wichtig sind, am liebsten gemeinsam mit seiner Frau. Also ist es von Vorteil, wenn sie über ähnliche Interessen verfügt wie er. Ausnahmen sind natürlich Fußball und Frischluftsaufen.

Wenn er für einen guten Witz meilenweit zu gehen bereit ist, sollte sie über Humor verfügen. Vermutlich das Schwierigste bei Frauen. Deshalb sind es die meisten Männer nicht gewohnt, mit ihren Frauen zu lachen, weil sie denken, Frauen seien nicht lustig. Dabei sind nur die *meisten* Frauen nicht lustig. Es gibt auch ein paar Lustige, man erkennt sie an ihrem Gelächter.

Ein Mann, dessen größtes Glück es ist, wie Prinz Charles mit seinen Pflanzen zu sprechen, sollte sich auf keine Frau einlassen, der zu Pflanzen nur »grün« einfällt.

Ein Mann sollte so viel natürliche Männlichkeit ausstrahlen (das fällt bei Prinz Charles leider aus), dass die Weiblichkeit der Frau an seiner Seite erst richtig zum Erblühen kommt. Das geht nur, wenn seine Hände nicht manikürter sind als ihre, seine Garderobe nicht besser sortiert und kostbarer ist als ihre, seine Eier nicht kleiner sind als ihre und ihre Macht nicht größer ist als seine.

Und sie sollte kein blutiges Steak essen, während er an einem stillen Mineralwasser nippt und an einem Salatblatt knabbert.

Das Lokal sieht aus, als wäre es von Redakteuren der Zeitschrift *Wallpaper* eingerichtet worden. Die Bedienungen sind zuvorkommend, haben schöne dunkelblaue Anzüge an und sehen aus, als hätten sie den Nachmittag beim Friseur verbracht.

Sie hatte nicht damit gerechnet, dass er sich, zwei Tage nachdem sie sich kennen gelernt haben, schon bei ihr melden würde, um sie zum Essen einzuladen. Die Gastgeberin, die die beiden einander vorgestellt hatte, hatte ihr später geraten: »Schnapp dir den. Der ist *hot.*«

Jetzt sitzt sie Mr *Hot* gegenüber. Er hat einen wirklich schönen Anzug an, wahrscheinlich Prada oder so was, und darunter einen ganz dünnen Kaschmirpolo. Auch er sieht aus, als hätte er den Nachmittag in einem Spa verbracht, er sieht perfekt aus.

Sie fühlt sich ein bisschen zu *casual* in der Jeans, aber sie hat immerhin goldene Sandalen von Valentino an. Aber die sieht niemand unter dem Tisch. Um ihn etwas zu verwirren, hat sie ein ganz dünnes weißes T-Shirt an, in dem sich ihre Brüste so stark abzeichnen, dass sie es tagsüber nicht tragen kann. Er sieht nicht hin. Sehr wohlerzogen.

Auf der Speisekarte stehen komische Sachen, vor denen sie sich etwas ekelt. Von solchen Gerichten hat sie noch nie gehört.

»Was ist denn das für eine lustige Karte?« Sie blinzelt ihn an.

Als Vorspeise gibt es Apfel-Sellerie-Suppe oder Schoko-Wings.

»Das hört sich an wie Kindergeburtstag«, lacht sie.

»Das ist *Fusion Food*. Die machen das sehr gut hier«, antwortet er ernst.

Aha, *Fusion*. Sie wählt das einzige normale Gericht: Entrecôte mit Ratatouille. Keine Vorspeise. Er nimmt tatsächlich das Rote-Beete-Carpaccio. Sie lächelt. Wie lustig, dann hat er gleich eine ganz rote Zunge.

Er sieht wirklich sehr gut aus. Er hat schöne Hände, gepflegte Finger. Und er trägt ein phantastisches Eau de Cologne, sie kennt es irgendwoher, kann sich aber nicht erinnern.

Sie greift in ihre goldene Louis-Vuitton-Tasche, holt ihre Zigaretten heraus und steckt sich eine Marlboro in den Mund. Sie kramt nach ihrem Feuerzeug.

Er zieht eine Augenbraue hoch:

»Oh, ich wusste gar nicht, dass du rauchst. Wir sitzen im Nichtraucherbereich.«

»Was, nicht rauchen?« Ihre Stimme quäkt etwas.

»Ich hätte nicht gedacht, dass du rauchst. Wieso machst du das?«

»Wieso rauchst du nicht?«, fragt sie gereizt. Sie findet ein paar Streichhölzer und zündet sich die Zigarette einfach trotzdem an.

»Wieso ich nicht rauche? Was für eine Frage!« Er lacht. »Ich führe meinem Körper doch keine Giftstoffe zu.«

Einer der Kellner kommt und bringt die Weinkarte:

»Verzeihen Sie, ich muss Sie bitten, die Zigarette auszumachen. Sie sitzen im Nichtraucherbereich.«

»Möchtest du Wein? Ich trinke Wasser«, sagt er.

»Nein, ich nehme natürlich auch nur Wasser.«

»Welches Wasser möchtest du? Hier ist die Wasserkarte.«

Sie ist plötzlich unfassbar schlecht gelaunt und hat ein Gefühl, als hätte sie Schmutz unter den Fingernägeln und würde nach Schweiß riechen.

Ein Mann, aus dem kein Rauch kommt, brennt nicht, sagen die Indianer.

Sie sagt nicht mehr viel. Er blüht nach dem dritten Glas Wasser richtig auf. Erzählt von Kunstgalerien, die er besucht, Filmen, die er gesehen hat, und Konzerten, die ihm gut gefielen. Schlägt vor, gemeinsam eine Ausstellung zu besuchen, sie sei ja neu in der Stadt. Oder Tennis zu spielen? Sein Tennisclub sei wirklich sehr schön im Sommer. Bald fährt er mit seinem Freund, der ein schickes Möbelhaus besitzt, nach Mailand auf die Möbelmesse. Und nächste Woche muss sie ihn in seiner Dachgeschoss-Wohnung besuchen, er wird kochen für ein paar Freundinnen, mit denen er auch zum Yoga geht.

»Was kochst du? Rhabarber-Risotto?«

Nein, Sushi würde er immer machen, das passt auch am besten zu seiner Wohnung. Und dann erzählt er ihr lang und breit, wie nett und interessant die drei Freundinnen sind, für die er immer Sushi macht.

Als die Rechnung kommt, sagt sie: »Lass mal, ich mach das schon.«

1. Ein Mann liebt Frauen, weil sie weiblicher sind als er.
2. Er kann es aber nicht leiden, wenn sie dreimal täglich jeweils eine Stunde lang ihr Make-up auftragen müssen und stets eine voll gestopfte Tasche mit Schminkutensilien mit sich herumschleppen, um immer für einen neuen Schmink-Angriff gerüstet zu sein. Susis, die allein irgendwo auftauchen, werden oft gefragt: »Wo ist Sieglinde?« Sie antworten dann: »Die kommt gleich, sie muss sich noch schminken.«
3. Ein Mann kann keine Frau lieben, die mit verstellter Stimme oder in Babysprache spricht oder die Tierstimmen imitiert. Sie sagt niemals: »Quack-quack-quack, heute bin ich ein Entchen« zu ihm.
4. Ein Mann lässt nicht zu, dass seine Frau ihn statt bei seinem Namen »Mopsi« oder »Schnuckelchen« ruft. Er nennt sie ihm Gegenzug nicht »Mausi«. »Schatz« ist für beide verboten.
5. Ein Mann weiß: Wenn sie seine Freunde nicht mag, kann er die ganze Frau vergessen. Denn sie wird ihm bald verbieten wollen, sich mit ihnen zu treffen, erst recht, wenn sie befürchten muss, dass er sich mit ihnen womöglich besser amüsiert als mit ihr. Sie wird alles daransetzen, ihm klarzumachen, dass seine Freunde Idioten sind.
6. Ein Mann weiß: Eine Frau, die selber keine

Freunde hat, ist verdächtig und ein Klotz am Bein. Sie wird an ihm kleben wie Kaugummi und immer, wenn er keine Zeit für sie hat, winseln: »Und was ist mit mir?« Noch verdächtiger ist eine Frau, die keine einzige Freundin hat. Das bedeutet nämlich, dass sie unglaublich langweilig ist, weil sie sich ihr ganzes Leben für nichts als ihren jeweiligen Mann interessiert hat.

7. Ein Mann liebt es, wenn seine Frau drei alberne, kichernde Freundinnen hat, mit denen er auch gern flirtet. Er schätzt und respektiert, wenn sie von Zeit zu Zeit einen dubiosen Mädchenabend mit ihnen verbringt. Nach dem Mädchenabend liegt sie den ganzen Tag jammernd im Bett, und er hat das Gefühl, etwas verpasst zu haben. Wenn er später erfährt, dass bei dem Mädchenabend Flaschendrehen gespielt wurde und sie bei »Pflicht« ihren nackten Hintern zehn Minuten in Schwabing aus dem Fenster gehängt hat, ist er mindestens drei Tage sauer.
8. Ein Mann verachtet devote Frauen. Er durchschaut Frauen, die, weil sie nichts zu sagen haben, Verbindlichkeit durch Körperkontakt herstellen. Diese Frauen reiben sich den ganzen Abend an ihm und stecken ihm von Zeit zu Zeit die Zunge in den Hals. Sie hauchen mit verstellter Stimme und sehen ihn dabei an wie eine bekiffte Katze. Diese Frauen sagen immer nur das, was sich für ihn gut anhört, wollen immer nur das, was er möchte, und sind ganz darauf konzentriert, die Allerpflegeleichteste

zu sein. Solche Frauen können nur Luschen beeindrucken.

9. Dominante Frauen, die alles besser wissen, sich nicht beschützen lassen wollen und ihn ständig bevormunden, findet er allerdings auch schrecklich. So wie Liz Hurley, die ihren armen Lover Ayun Nayar während der Filmfestspiele in Cannes von Journalisten mit den Worten wegzog: »Komm her, und hör auf zu reden, Honey-Bunny.«
10. Ein Mann spricht bei seiner Missus nicht über seine Exfreundin. Und schon gar nicht von ihr als seiner »großen Liebe«.
11. Ein Mann übernimmt die Verantwortung für die Verbindlichkeiten, die er eingeht. Wenn er das nicht möchte, bleibt er immer unverbindlich.
12. Ein Mann tut für sie alles nur einmal. Wenn sie es dann nicht zu würdigen weiß, ist ihm klar, dass sie nicht *Mrs. Right now* für ihn ist.

Musik

I'm a human bomb, just waiting to explode.

Nils Ruf

Ein Mann muss ein Gefühl für Musik haben. Er muss sie empfinden können. Wer keine Antenne für Musik hat, dem ist schon als Teenager das Wichtigste abhanden gekommen.

Von musikalischer Sensibilität völlig verschont gebliebene Männer sagen, wenn Besucher in ihrer Wohnung nach einer Platte oder einer CD-Sammlung suchen:

»Och, ich hör eigentlich mehr so, öhm, Radio. Ich wüsste gar nicht, was ich mir kaufen soll. Früher hab ich mir schon Platten gekauft, aber das ist mir zu kompliziert geworden. Kennt sich ja kein Mensch mehr aus mit dem ganzen Zeug.«

Wer so etwas sagt, kann sich auch gleich Filme mit Untertiteln ansehen, ohne Ton. Musik ist der Soundtrack zum Film, also zum eigenen Leben. Wer das nicht weiß, führt ein emotionsloses Leben. Eben ein Leben ohne Musik.

Der Musikgeschmack eines Mannes sagt sehr viel über ihn aus. Es gibt nichts, was fataler wäre, als die falsche Musik zu hören. Außer, keine Musik zu hören.

Ein Mann lässt mit seiner Musikleidenschaft vor der Welt die Hosen herunter. Hat er einen erlesenen Audio-Stil, schämt er sich für das, was aus Autos mit heruntergelassenen Autofenstern an Ampeln aus der Stereoanlage eines gepflegten Golfs quillt. Meist ist das Musik von den unsäglichen »Right Said Fred« oder der verwirrten Janet Jackson. In erster Linie blamieren sich diese ahnungslosen Susis vor anderen Männern. Und vor klugen Frauen.

Jeder weiß, warum sich Gwyneth Paltrow in Chris Martin von Coldplay verliebt hat. Jemand, der so singen kann, der so viel Herzblut in seine Kunst fließen lässt, kann auch in anderen Dingen nicht schlecht sein.

Dumme Frauen werden mit einem unmusikalischen Mann nichts vermissen. Führen sie doch selbst meist ein ebenso freud- wie musikloses Dasein. Frauen sind auch oft zu geizig, um in ein gutes Soundsystem zu investieren.

Sie hören ihre Lieblingssongs (Mariah Carey?) auf einem schrottigen Kassettenrecorder, während sie ihre Blusen zusammenlegen. Oder auf einer schrottigen Kompaktanlage, während sie ihre Duftkerzen sortieren.

Den Werdegang solcher Frauen kann ein Mann wie eine Sushirolle vor sich aufrollen:

Es gibt im Grunde nur zwei Möglichkeiten:

1. Sie hatte noch nie einen ordentlichen Freund. Wenn sie einen gehabt hätte, hätte der ihr etwas beigebracht und ihr dazu eine gute Anlage gekauft. Sie hatte auch keinen Bruder.

2. Sie hatte einen ordentlichen Freund, war aber zu dumm, etwas von ihm zu lernen. Sie ist eine von denen, die mit jedem musikbegeisterten Lover auch ihre musikalische Orientierung wechseln. Das heißt im schlimmsten Fall, dass sie sich erst für illegale HipHop-Partys fette, breite Schnürsenkel in ihre Turnschuhe schnürt, dann in einem Zara-Kleid, das aussieht, als wäre es von Yves Saint-Laurent, vor einer Flasche Veuve Cliquot in einer House-Lounge sitzt, um sich dann – ganz in billiges schwarzes Leder gekleidet – auf Rockkonzerten zu Tode zu flippen. Sie hat immer großen Spaß, diese Frau. Sie findet einfach immer das am tollsten, was ihr jeweiliger Lover toll findet.

Diese Sorte Frau hat nie von einem Jungen eine selbst aufgenommene Kassette bekommen. Eine Kassette, die er ihr nach Schulschluss schüchtern zusteckt und dabei etwas rot wird. Kluge Frauen, die schon früh viele Kassetten-Geschenke bekamen, studieren instinktiv seine Plattensammlung, wenn sie zum ersten Mal in der Wohnung eines Mannes sind. Wenn die daneben oder nicht vorhanden ist, lassen sie ihr Oberteil lieber an. Und kommen natürlich nie wieder.

Kluge Frauen sind da unerbittlich. Nie würden sie einer ahnungslosen Susi erlauben, sich an ihrer Seite zu vergrößern. Wer keinen Soundtrack für seinen Film hat, hat auch keinen für den gemeinsam zu drehenden. Ohne Musik können kluge Frauen nicht arbeiten. Und selbst für die Musik zu sorgen ist das Gegenteil von sexy. Dafür ist allein der Mann verantwortlich. Sie muss nur verstehen und dazu gut aussehen.

Für die, die sich wundern, weshalb an dieser Stelle so ausführlich über Frauen gesprochen wird: Ein Susi-Mann, der nichts von Musik versteht, ist naturgemäß nur mit Nichtsmerkerinnen zusammen. Mit ihnen geht er Sushi essen und sagt gerne mal: »Das ist mir tu matsch.«

Richtige Frauen verachten ihn.

Alles klar?

1. Ein Mann hat mit viel Geld und noch mehr Liebe ein anständiges Sound-System installiert. Wenn er einen (besser zwei) Plattenspieler besitzt, ist es natürlich ein Technics 1210. Er verfügt mindestens über musikalisches Grundwissen. Er fragt nicht: »Ist das nicht alles Techno?«
2. Er besitzt und hört keine Kompilationen, z. B. Café del Mar oder Hotel Costes. Kompilation-Hörer sind Allesfresser. Die wollen auf der sicheren Seite sein.
3. Er sagt beim Anblick von Vinyl nicht: »Kannst du dir keine CDs leisten?«
4. Er fühlt sich unaufgefordert verantwortlich, für die geeignete musikalische Untermalung zu sorgen. Das gilt sowohl für drinnen als auch draußen. Er hat immer an die passende Musik im Auto gedacht, wenn er ein Date hat.
5. Er hört seine Musik immer sehr laut. Zu laut. Auch im Auto.

6. Er ist mit seinem Musikgeschmack nicht 1986 hängen geblieben. Sein Horizont erstreckt sich weiter als bis zu Phil Collins und R.E.M. Er weiß, dass Musiker wie Phil Collins und Sting eine Geißel für die Menschheit sind.
7. Er hört nicht auf musikalische Empfehlungen von Frauen. Er erklärt Frauen zwar, was sie wissen sollten, interessiert sich aber nicht für ihre Meinung.
8. Er behält sein Wissen auch meist für sich. Er springt nicht wie Rumpelstilzchen ums Feuer, wenn er etwas Neues entdeckt hat, und nervt damit die Welt.
9. Man kann es nicht oft genug sagen: Er hat niemals ein CD-Regal. Auch kein Designermodell. Seine CD- und Plattensammlung hat er in einer Regal-Konstruktion, die unter Umständen sehr teuer war, untergebracht. Dass sie teuer war, sieht man der Regal-Konstruktion aber nicht an.
10. Er hört keine selbst gebrannten CDs. Also keine Raubkopien. Um sich und seine Freunde vor Ohrenkrebs zu schützen, bringt er seinen iPod mit.
11. Er spielt nur dann Luftgitarre, wenn ihn keiner dabei sehen kann.
12. Er sagt nie: »Ich bin ein hervorragender Tänzer.« Nur Greise und Schwule sagen so was.
13. Er liebt die Sängerin Roisin Murphy der britischen Band Moloko. Für ihre Coolness, ihren sexy Körper und ihren unübertrefflichen Stil.

Mut

Mit guten Worten und einer Waffe erreicht man mehr als mit guten Worten allein.

Al Capone

Ein Mann trägt immer ein gewisses Aggressionspotenzial in sich, eine Mischung aus allgemeiner Kampfbereitschaft und dem Hang zur Selbstdarstellung. Bei Provokationen kann diese Aggression zum Ausbruch kommen.

Das bedeutet aber nicht, dass ein richtiger Mann leicht aus der Ruhe zu bringen wäre und sich womöglich dazu hinreißen ließe zu brüllen oder zu drohen. Oder wie ein Löwe mit einem rostigen Nagel in der Pfote um das Dorf zu schleichen, nach Beute zu suchen und aus Versehen ein Kleinkind zu reißen. Was ihm später, wenn der Nagel wieder entfernt und die Pfote schmerzfrei ist, natürlich sehr Leid tut.

Frauen dürfen aufbrausend sein, Männer nicht. Sie bleiben cool, selbst wenn sie gereizt werden. Sie richten die Nervensäge später hin, womöglich viel später.

Männer zeigen ihre Waffensammlung nicht jedem.

Ein Mann sollte stets um eine »Menefreghista«-Ausstrahlung bemüht sein. Ein Menefreghista ist einer, dem die ganze Welt den Buckel runterrutschen kann. Ohne dabei selbst die Contenance zu verlieren. Einer der königlichen Männer, die das perfekt gelebt haben, war Dean Martin, zu den Zeiten, als er sich stilvoll mit Frank Sinatra zu betrinken pflegte.

Ein Mann liebt Herausforderungen. Er geht brenzligen Situationen nicht aus dem Weg und nimmt stets die gefährliche Abkürzung.

Sein Motto ist Spannung. Nicht Entspannung.

Ein Mann muss den Nervenkitzel lieben und auch aushalten können. Wissen, dass Adrenalin ein besonderer Rausch sein kann.

Nicht in der Art, sich mit seinem neuen Carrera C 2 mit achtzig Sachen bei Regen in die Kurve zu legen, um einer blassen langbeinigen Rothaarigen mit Silikontitten zu imponieren, dabei aus der Kurve zu fliegen und den Porsche gegen einen Betonpfeiler zu setzen, wobei die Rothaarige noch den Rest ihrer Wangenfarbe und der Wagen seine Form verliert.

Dabei weiß jedes Kind, dass der C 2 dazu neigt, bei Nässe auszubrechen. Und dass rothaarige Mädchen sich nicht von dummkühnen Fahrmanövern beeindrucken lassen.

Vielleicht ist es Gottes Wille, dass manche Leute einfach keinen Porsche fahren sollten.

Diese Leute sollten sich besser mit einem Gummiband am Fuß von einer Brücke stürzen, um sich zu erfrischen. Noch erfrischender wäre es allerdings, wenn sie das Gummiband vielleicht mal wegließen.

Zu schnelles Fahren und Bungeejumping haben nichts mit Mut zu tun.

Mutig sein heißt, keine Angst vor möglicherweise unbequemen Konsequenzen zu haben. Den Kopf nicht einzuziehen. Eine eigene Meinung zu haben. Zu wissen, wie man zu dieser Meinung kommt, und natürlich auch dazu stehen. Mutig sein heißt schlicht und einfach, Position zu beziehen.

Hört sich ziemlich langweilig an, ist es aber nicht. Es geht hier um einfache Grundlagen, Wörter wie »Ehre«, »Haltung« und »Stolz«, von denen viele Männer überhaupt keine Ahnung mehr haben.

Den vom blöden Gerede der Feministinnen platt gewalzten Männern wurde ihr männlicher Stolz als rüde und proletarisch aberzogen.

In proletarischen Kreisen allerdings sind Werte wie Ehre und Haltung durchaus noch anzutreffen. Auch wissen Proll-Machos viel besser als ihre parfümierten Kollegen mit weiblicher Energie umzugehen. Das ist auch der Grund, wieso so viele Ehen in München daran zerbrechen, dass die Frauen mit Männern, die eine Auto-Tuning-Werkstatt in der Nähe von Rosenheim besitzen, durchbrennen.

Aggressionslose Männer haben in Waldorf-Schulen und danach im Räucherstäbchen-Nebel von ihren Müttern und Freundinnen gelernt, über ihre Probleme zu reden. Und zwar so intensiv, dass sie irgendwann beschlossen haben, überhaupt keine Probleme mehr zu haben. Das erspart ihnen das lästige Darüberreden.

Stellen wir uns einen Mann und eine Frau und ein gemeinsames Kind vor. Eine nette kleine Familie. Sie langweilt sich ein bisschen und hat sich, um die Spannungskurve in ihrem Leben zu erhöhen, einen jüngeren, nervöseren Liebhaber zugelegt. Ihr Mann weiß davon, genau wie alle, die das Paar kennen. Als der Zweitfreund nicht hält, was er anfangs versprach, macht sie Schluss. Er aber ist jung und voller Leidenschaft und will sich nicht auf diese Art und Weise abservieren lassen. Sein Credo lautet nämlich: Frauen zwischen dreißig und fünfunddreißig sind genau meine Kragenweite. Er observiert sie und ihren Kerl. Er schleicht ihrem Mann hinterher, wenn dieser das Kind aus dem Kindergarten holt. Danach geht er nach Hause und trinkt wütend fünf Bier und eine Flasche Wein (weil sonst nichts mehr da war). Sein Telefon klingelt. Er geht ran und brüllt: »Jaaa?«

»Ja, hallo. Hier ist der Uwe. Sag mal, du, was sollte das denn heute Nachmittag vor dem Kindergarten? Ich kann ja verstehen, dass du sauer bist, aber du musst wirklich einsehen, dass …«

An dieser Stelle wird Uwe unterbrochen. Unser Exlover hat sein schnurloses Telefon an die Wand geschmissen. Die Stücke, die von der Wand wieder zurückfallen, sehen schrecklich aus. Man wird es nicht mehr kleben können.

Warum war das nicht abzuwenden?

Hier redet ein Ehemann mit dem Mann, der es seiner Frau ordentlich besorgt hat, während er zu Hause den Babysitter spielen musste. Er kann beiden die Fresse polieren oder sich aus der Geschichte verabschieden. Oder beides. Aber *Verständnis* ist überhaupt nicht angebracht.

Wir leben zum Glück nicht in einer Welt, in der Ehrverletzungen dieser Dimension nur mit Blutvergießen geahndet werden können. Das wäre auch viel zu anstrengend bei unserem Lebenswandel. Aber ein Mann sollte seine Prinzipien haben und seinen Rivalen in die Schranken weisen, sollte jemand die Absicht haben, seine Frau anzugraben. Wenn er ein wahrer Chef ist, fasst kein anderer Mann seine Missus an.

Nur Susis würden auf diese Idee kommen, aber auch da nur die dümmsten. Denn keiner will den Zorn eines Chefs auf sich ziehen. Ja, wer hat Lust, ein Verhältnis mit Doris Schröder-Köpf anzufangen? Höchstens ein kleiner Eierkopf, der etwa bei einer PR-Agentur für einen Autokunden tätig ist. Nein, noch nicht einmal der würde den Stress aushalten. Vom Bundeskanzler will kein Mann in Deutschland was aufs Maul.

Aber Uwes Frau kriegt jeden Liebhaber, den sie will. Denn Uwe ist ja so nett.

In Spanien heißt es *cohones*, in England *balls*, und wir sagen: Eier. Entweder ein Mann hat welche, oder er hat keine. Wer keine hat, dem wachsen auch keine mehr.

Wer welche hat, wird einfach bei bestimmten Anrempelungen sauer. Dann sagt man dem Störenfried ruhig und knapp das, was man zu sagen hat. Danach ist meist Ruhe.

Kein Wunder, dass Uwes Frau schon den nächsten Lover hat, genau wie unser betrunkener Freund ein neues Telefon. Uwes Frau fühlt sich auch nicht von Uwe *protected.* Eine solche Frau fühlt sich nicht geliebt. Weil es ja egal ist, was sie macht. Weil Uwe nicht jedem, der ihr zu nahe kommt, signalisiert:

»Sieh meine Frau nicht so an. Das ist meine Frau.«

Und den Arm um sie legt.

So ist das mit den Frauen.

Das alles hat etwas mit Respekt zu tun. Und echten Respekt gibt es nur von echten Männern. Wer sich auf der Nase herumtanzen lässt, wird nicht ernst genommen. Wer nicht ernst genommen wird, sitzt während wichtiger Fußballübertragungen alleine in einer Bar ohne Fernseher.

1. Ein Mann kann, wenn er will, mühelos Gefährlichkeit ausstrahlen.
2. Ein Mann schiebt anderen nichts in die Schuhe, Marke »Das war ich nicht«. Er denunziert niemanden und erzählt nichts, was anderen Schaden zufügen könnte.
3. Er versteckt sich nicht, wenn es etwas Unangenehmes zu erledigen gibt, und lässt sich nicht am Telefon verleugnen.
4. Auch wenn seine Missus ein Haus anzünden sollte, wird er vor aller Welt hinter ihr stehen. Er erlaubt nicht, dass jemand in seiner Anwesenheit respektlos über sie spricht.

5. Er lässt sich nicht von einer Frau aushalten und gibt ihr die Schuld für sein Versagen, genauso wenig wie sonst irgendwem.
6. Er ist nicht eifersüchtig auf seine Frau, wenn sie einmal mehr Aufmerksamkeit bekommt als er.
7. Leute, die ihm kein Wohlwollen oder keinen Respekt entgegenbringen, bittet er nie um einen Gefallen oder nimmt etwas von ihnen an.
8. Er sorgt dafür, dass sich diese Leute nicht an seinen Tisch setzen.
9. Er redet nicht ständig von seinen Plänen und Projekten und davon, wie groß er rauskommen wird. Jemand, der keine Eier hat, kommt weder groß noch klein raus. Er kommt gar nicht raus.
10. Er verspricht nichts, was er nicht halten kann. Es macht ihm aber jedes Mal große Freude, wenn er sein Wort gegeben hat und weiß, dass er es sicher halten wird.

Ein Mann darf, ja, er muss sogar bei bestimmten Gelegenheiten lügen. Ein Mann, der immer die Wahrheit sagt, ist uncharmant und lebensgefährlich.

Beim ersten Date mit einer Frau sollte er wissen, dass jede Frage ihrerseits über seine Verflossenen nur mit einer kurzen Lüge beantwortet werden sollte. Frauen fragen viel, verkraften die Antwort aber nur selten. Das fällt dann unter die Kategorie *Erstes-Date-Lügen* und dient einem guten Zweck.

Genauso ist professionelles Lügen gefragt, wenn er über irgendetwas ausgefragt wird. Nur die schlimmste aller Luschen sagt: »Ich wurde gefragt, da musste ich doch die Wahrheit sagen.«

Niemand muss die Wahrheit sagen. Niemals. Auch bei Folter nicht (siehe auch das Kapitel *Schweigen*).

Wenn er beim Lügen erwischt wird, sagt er: »Der Zweck heiligt die Mittel«, nuschelt dabei aber so stark, dass sein Gegenüber nur versteht: »Der Zwerg reinigt die Kittel.«

Schweigen

Wenn du das nicht für dich behalten kannst,
dann müssen wir dir eben die Zunge herausschneiden.

Violet Kiani

Ein Mann redet nicht viel. Er weiß, dass Worte nichts sind als Schall und Rauch. Und dass es das nicht offen gelegte Wissen und die darauf folgenden Taten sind, die Respekt einflößen und Neugierde wecken.

Ein Mann konzentriert sich auf seinen Weg, seine Aufgaben. Er hat kein Interesse an dem, was andere getan oder gesagt haben. Er ist ausreichend damit beschäftigt, sich um seine eigenen Angelegenheiten zu kümmern.

Er weiß, dass gerade die Dinge, die er nicht sagt, seinen Sex-Appeal und auch seine Gefährlichkeit ausmachen. Er wird sich nie damit brüsten, über welche Informationen er verfügt und welche Kontakte er hat.

Nichts ist weniger sexy als ein Mann, der seine Umwelt über alles Empfundene oder Erlebte informiert. In so einem Typen kann jeder lesen wie in einem offenen Buch. Ein Mann, der älter ist als fünfundzwanzig und ständig von sich erzählt, ist schon fast eine Frau.

Wenn ein Mann viel erzählt, gefragt oder ungefragt, dann ist er meist

1. selber sehr langweilig und muss deshalb davon erzählen, was er für tolle Menschen kennt. Also ein Namedropper. Man erkennt ihn daran, dass in seinen Geschichten sehr viele fremde Namen auftauchen. Hakt man nach, sagt er: »Jaja, das ist ein Freund von mir.« Checkt man die Sache später gegen, weiß die genannte Person nichts von dem Anpreiser. Das ist immer sehr traurig.
2. einer, der sich vor seiner Hörerschaft als herausragender Informant aufspielen will, der mit seinen Beobachtungen weiterhelfen kann. Also ein Verräter.
3. total gelangweilt, braucht etwas Spannung in seinem Leben und will sehen, was passiert, wenn er eine Bombe zündet. Ein Gladiatoren-Typ. Besser als 1 und 2, nicht ganz unsymphatisch. Aber lebensgefährlich.

Ein Mann hasst Gossip. Gossip sind keine Fakten. Er weiß, Gossip ist Frauen wichtig. Er lacht vielleicht, wenn in seiner Anwesenheit Dinge erzählt werden, die den Nicht-Anwesenden unter Umständen eine Lebenskrise bescheren könnten, vergisst sie aber sofort wieder.

Selbst wenn Frauen ihn in die Zange nehmen, weil sie wissen wollen, was seine früheren Freundinnen oder andere Männer gesagt oder getan haben, sagt er:

»Lasst mich los, ich weiß es nicht mehr.«

Dann zischt eine Frau: »So ein Idiot. Der kann sich auch nichts merken.«

Und eine andere ruft: »Ach, der hört doch gar nicht zu, wenn jemand etwas erzählt.«

Der weise Mann weiß: Besser ein Idiot oder taub als eine geschwätzige Klofrau.

Männer, die viel und schnell reden, vielleicht weil das zu ihrem Beruf gehört oder einfach nur weil sie von einem extremen Mitteilungsdrang gezeichnet sind, wirken zunächst auf Frauen interessant. Endlich einer, der über seine Gefühle spricht, denken die Frauen. Vor allem dann, wenn er auch noch schlau ist.

Nach ein paar Tagen Dauerbeschallung steht die Frau jedoch am Rande des Wahnsinns. Um ihr Leben und das ihrer Familie zu retten, wird sie, vielleicht mitten in Marrakesch, einen unnötigen Streit anfangen. Und ihn nach dem Urlaub verlassen.

Zum Beispiel in dem Moment, wenn er ihr vorschlägt, gemeinsam mit dem Rauchen aufzuhören:

»Komm, wir ändern unser Leben. Ich möchte mit dir gemeinsam mein Leben ändern, dies ist der ideale Ort dafür. Wir müssen es nur gemeinsam beschließen, dann wird alles anders. Das Wichtigste ist, dass wir beide sofort aufhören zu rauchen. Ich habe schon so lange auf den passenden Moment gewartet, und dies ist genau der richtige Augenblick dafür. Wir könnten statt dessen Sport machen, du könntest das organisieren, so dass wir jeden Abend etwas anderes machen, wenn ich aus dem Büro komme, laufen zum Beispiel wäre doch toll, oder mehrmals die Woche ins Fitnessstudio, danach noch zum Schwitzen ins Dampfbad, dann sind wir müde und wollen nur noch schlafen, ohne noch Bier zu trinken. Wir müssen nämlich auch aufhören zu trinken, ich zumindest, aber ich will, dass du mit mir gemeinsam aufhörst, ich will eine zweimonatige Trinkpause einlegen, vielleicht auch länger, nein, eine Sperre für alle Genussmittel, was meinst du, aber wenn wir viel Sport machen und nicht rauchen, erledigt sich das mit dem Trinken von allein, genauso wie mit dem ganzen Kaffee, einen besseren Ort, um sich von Kaffee zu verabschieden als hier, kann man sich nicht wünschen, das ist auch für dich nicht gut, du solltest auch Tee trinken, ab heute trinken wir nur noch Tee, du musst an dein Aussehen denken, außerdem habe ich mir gedacht, mache ich diesen Sommer auf jeden Fall endlich meinen …«

An dieser Stelle unterbricht sie ihn erbost: »Bitte? Ich soll aufhören zu rauchen? Ich langweile mich den ganzen Tag, und jetzt soll ich auch noch aufhören zu rauchen? Was soll ich denn sonst den ganzen Tag machen? Vergiss es.«

Danach will er sie zwei Stunden nicht sehen. Zum Glück. Sie kann allein, ohne ein Wort zu reden oder zu hören, durch die Stadt laufen und durch einen merkwürdigen Zufall eine Bekanntschaft schließen, mit einem Mann, der sie zu sich nach Hause einlädt, damit sie in den Genuss der Kochkunst seiner Frau kommt, und sie dann auf seinen Kamelen reiten zu lassen.

Sie macht ihm deutlich, dass sie nur in männlicher Begleitung kann. Den solle sie bitte gern mitbringen, sagt der gastfreundliche Marokkaner.

Sie läuft zurück in die kleine Seitenstraße, zurück ins Riad, in dessen Obergeschoss sie wohnen.

Er liegt im Schlafzimmer unter dem von dichten Rauchschwaden gefüllten Moskitonetz, ist durch den blauen Dunst kaum erkennbar und dreht einen Joint von dem Riesenhaufen Marihuana, zu dessen Kauf sie vor ein paar Tagen vom Gärtner genötigt worden waren. Der Gärtner könne sonst seine Kinder nicht zur Schule schicken, hatte es geheißen.

»Wir sind zum Essen und zum Kamelreiten eingeladen!«, erzählt sie ihm.

Er sieht sie trüb an, seine Augen sind blutunterlaufen.

»Du Nutte!«, schreit er.

»Aber seine Frau kocht für uns.«

»Ha! Für dich vielleicht, wie blöd du bist, und für wie blöd hältst du mich, du willst doch da alleine hin. Ich weiß schon, was du von dem willst...«

Die Nymphomanin verließ den Nichtraucher in spe kurze Zeit danach und sagt heute ehrlich:

»Bitte kein Kerl, der die ganze Zeit redet. Horror.«

Ein paar Regeln, die ein Mann beherzigen sollte, wenn er ernst genommen werden möchte:

1. Ein Mann prahlt nicht mit seinen Kontakten. Er weiß, dass ihn das nicht interessant macht, sondern zu einem armseligen kleinen Groupie.
2. Er mischt sich nie in die Beziehungsdramen seiner Freunde ein. Wenn er seinem Freund etwas in der Hinsicht zu sagen hat, tut er dies unter vier Augen.
3. Wenn sich eine Frau bei ihm über seinen Freund

ausweint, macht er sich nicht darüber lustig. Er hört ihr zu, sagt ihr dann, dass sie ihn vergessen soll, und vergisst danach die ganze Angelegenheit.

4. Er erzählt nicht herum, wer ihm Geld schuldet oder wie viel andere verdienen oder verloren haben. Er fragt auch nie danach. Wer fragt, sagt es auch weiter (siehe auch Kapitel *Geld*).
5. Wenn er Zeuge von Dramen wird, erfährt niemand etwas davon. Auch wenn das Mädchen, das aus dem Fenster seiner Wohnung springen wollte, am nächsten Tag auf dem Cover eines Gesellschaftsmagazins abgebildet ist. Na und?
6. Er redet nicht davon, wie viel Alkohol oder Drogen andere nehmen oder wie »fertig« sie sind. Er ist froh zu wissen, wie fertig er selbst ist.
7. Er erzählt nichts Privates über seine Missus. Auch nichts Respektloses. Auch nichts Schlechtes über seine Ex. Er schützt das Ansehen seiner Frau. Deshalb wird auch niemand von ihm erfahren, welche Unterwäsche sie trägt oder was ihre kleinen geheimen Laster sind.
8. Er vertraut sich niemals einer Frau an.

Unwissenheit brachte einst einen jungen Mann, nennen wir ihn Klein, auf die falsche Spur.

Klein hatte einen Freund, der war nicht nur viel größer, toller und berühmter als er, der hieß auch so. Sein Name war Groß.

Klein war mit einem Mädchen aus der Arbeit befreundet, die nennen wir Blond, und Blond gefiel auch

Groß ganz gut. Ziemlich gut sogar. Blond fand es natürlich auch viel toller, von Groß hofiert zu werden als von Klein, und ging gleich mit Groß ins Bett. Dummerweise hatte Groß eine Freundin, Braun, die war auch ganz toll, und sie sollte besser nichts von der Sache mit Blond wissen.

Klein wiederum musste nun seine Schulter Blond zur Verfügung stellen, die bald sehr unglücklich in Groß verliebt war. Die so entstehende innige Verbindung zwischen Klein und Blond störte Kleins Exfreundin, Garstig, die nicht wollte, dass sich Klein jemals wieder für eine andere Frau interessierte. Deshalb unterstellte sie Klein eine Affäre mit Blond und hackte so lange auf ihm herum, bis er sich nicht mehr zu helfen wusste und ihr die ganze Geschichte erzählte. Kaum wusste sie Bescheid, schnürte Garstig, so schnell sie konnte, die Riemen ihrer bordeaux-roten Sergio-Rossi-Stiefel und rannte los, um ihrer besten Freundin, die zufällig auch eine gute Freundin von Brauns bester Freundin war, die Nachricht zu überbringen.

Kurze Zeit später war dann auch Braun mit allen Fakten ausgestattet und brauchte sich nur noch mit Groß beim Edel-Thailänder (er bestellte sich ein Reisgericht) zu verabreden, um ihm noch vor Ort einen Indizienprozess zu machen und ihm auch die Quelle ihrer Beweise zu verraten.

Groß hatte noch nicht zu Ende gekaut, da hatte er schon keine Freundin mehr, und wenig später hatte Blond einen fetten Abdruck von Brauns rechter Hand auf ihrer rosigen Mädchenwange.

Zum Glück ist sonst nichts Dramatisches passiert. Mittlerweile sind alle Beteiligten wieder glücklich.

Nur Klein ist seit ein paar Jahren Leibeigener einer Oberfeldwebelin, die zu Hause gern in der Uniform der nordkoreanischen Frauenarmee herumläuft.

Er redet nicht mehr viel.

Und wenn, dann versteht ihn nur die Klofrau.

Schwule

Du kannst nicht mit.
Das ist ein streng homosexueller Ausflug.

Nikolaus Vosswinkel

Ein Mann hat keine Berührungsängste mit Schwulen. Wer homophob ist, hat ein Problem. Ein Mann ist sich seiner Männlichkeit sicher und so im Reinen mit sich, dass er mit Schwulen ganz locker umgehen kann.

Einem echten Mann stehen ein paar schwule Bekannte sogar ganz gut zu Gesicht. Wenn er ein Mann ist, fühlt er sich von ihnen nicht in seiner Männlichkeit beschnitten. Er kann sich darüber freuen, dass sie sich auch über ihn freuen. Er ist klug genug, ihr Interesse als das zu werten, was es ist: ein Kompliment. Und wie schön, die Wahl zu haben!

Sie saßen schon zu lange in Miami fest. Widrige Umstände hatten sie hierher verschlagen, schon vor einigen Wochen, und so war es jetzt. Sie hatte seit zwei Tagen das Hotelzimmer nicht verlassen, die kubanischen Stubenmädchen trauten sich nicht mehr zu fragen, ob sie sauber machen könnten. Er war alleine am Strand, um dort jemanden zu treffen, jetzt kommt er wieder zurück ins Zimmer.

In diesem Zimmer ist es möglich, den Horror dieser Stadt zu vergessen. Es ist ein sehr großes Zimmer, ganz weiß, mit Lamellentüren, und es hat eine lange Terrasse, die auf einen Hinterhof mit vielen Mülltonnen geht. Der Ocean Drive und das Meer liegen auf der anderen Seite des Hotels. Er kommt herein, in der Hand eine Tüte mit Zigaretten und ein paar Sandwichs. Sie liegt, nur mit einem Slip und einem seiner Unterhemden bekleidet, mit einer Tüte Kartoffelchips auf dem Bett und sieht sich eine Dokumentation über Havanna auf Office of Cuba Broadcasting an.

»Ich hab gerade zwei nette Schwule kennen gelernt, unten in der Hotelhalle.«

»Was für eine Sensation. Die sind doch hier überall«, sagt sie unbeeindruckt.

»Ja, aber die wohnen auch hier im Hotel und sind wirklich nett.« Er muss sich zusammenreißen. Sie war die ganze Zeit schon so unausstehlich.

Sie waren schon mehrmals am Flughafen gewesen, um in die Karibik weiterzufliegen, aber über die Feiertage war alles ausgebucht. Zudem war das Wetter zu schlecht zum Baden, es gab nichts zu tun, außer am Ocean Drive den aufgepumpten Rollerbladern zuzusehen oder in einer Shopping-Mall herumzustreunen. Das wurde langsam langweilig. In zwei Tagen ging ihr Flug mit Bahamasair nach Harbour Island.

»Ich habe mich für heute Abend nach dem Essen mit ihnen verabredet. Wir treffen sie später im Opium.«

»Nicht schon wieder das Opium!«, klagt sie.

Er überhört es. Noch zwei Tage, denkt er.

Sechs Stunden später sieht es in dem Hotelzimmer ganz anders aus. Überall stehen Gläser und Flaschen und volle Aschenbecher. Aus den Boxen der Anlage läuft Basement Jaxx. Sie sitzt in einem engen schwarzen Lederrock und einem schwarzen Kaschmirpulli auf dem Bett, raucht und erzählt zwei gut gekleideten Herren mit blassen Gesichtern, wie Madonna ihren Ehemann bei Sting kennen lernte und wic spießig die beiden mittlerweile geworden sind, so spießig, dass es selbst der Oberspießerin Claudia Schiffer zu viel wurde und auch Matthew Vaughn sich von ihnen abgewendet hat. Die Herren hängen an ihren Lippen.

Ein dritter Herr hält sich ihr langes gemustertes Seidenchiffonkleid, das auf einem Stuhl lag, vor seinen Körper und ruft:

»Ist das schön! Zieh das doch mal an, oh, das steht dir sicher ganz toll!«

»Ja, das ist toll, soll ich das jetzt anziehen?«

Sie zieht an ihrer Zigarette und nimmt einen Schluck Wodka.

»Ja, bitte! Zieh das für mich an!«, ruft der eine Herr auf dem Bett.

Der andere Herr sieht auf das Etikett und überschlägt sich fast:

»Oh, Alexander McQueen ist mein Liebstes, den lieb ich soo!«

Sie steht auf, geht zu der Sitzecke, in der er mit einem weiteren, vierten Herrn sitzt, und fragt: »Und ihr? Bei Euch alles in Ordnung?«

»Ja«, sagt er, »wir reden über Geschäfte.«

»Das ist schön.« Sie gibt ihm einen Kuss, geht zurück zu ihrer Gesprächsgruppe und zieht sich den Pullover über den Kopf.

»Oh, du hast einen roten BH an«, ruft der zweite Herr vom Bett und klatscht begeistert in die Hände.

»Ja, und einen roten Slip«, sagt sie und öffnet den Reißverschluss ihres engen Lederrocks. Der dritte Herr reicht ihr das Kleid. Er hilft ihr, es über den Kopf zu ziehen, und schließt die vielen kleinen Knöpfe an der Seite. Als es geschlossen ist, dreht sie eine kleine Pirouette, und die drei Herren klatschen Beifall.

Sie dreht sich zur Sitzgruppe um – da sitzt niemand mehr.

Sie setzt sich wieder auf das Bett, nimmt sich eine Marlboro, drei Feuerzeuge werden ihr entgegengestreckt, sie lächelt: »Okay, wo waren wir stehen geblieben? Ach ja, und wer bei Claudia und Matthew im Schloss eingeladen ist …«

Da wird die Lamellentür aufgestoßen, und er kommt von der Terrasse zurück ins Zimmer.

Er sieht sie schockiert an. Sie steht auf und geht zu ihm.

»Was ist los? Hab ich was falsch gemacht?«

»Ehm, nein. Ich war mit dem auf der Terrasse, und er hat mich geküsst.«

»Was? Ernsthaft?«

»Ja, er hat mir die Zunge in den Hals gesteckt. Wir haben über Grundstücke geredet und was man darauf bauen könnte, und dann hat er mich plötzlich geküsst.«

Sie sehen sich an und brechen in Gelächter aus. Sie

müssen beide so lachen, dass ihnen die Tränen aus den Augen laufen. Sie hält sich die Hand vor den Mund und reißt die Augen auf:

»Aber diesmal bin ich nicht schuld. Das war deine Idee.«

Er schüttelt den Kopf. Dann sieht er sie an:

»Was hast du denn da überhaupt an? Was war hier los? Das ist mein Kleid!«

Danach fallen sie sich laut kreischend vor Vergnügen gegenseitig in die Arme.

Shorts

Ich hab dich gleich erkannt.
An deinen Beinen!

Michi Beck

Es ist ein perfekter Sommertag. Eine Frau in einem dunkelblauen Glockenrock, einer geknoteten weißen Bluse und einer großen Korbtasche, in die ein weißer Vespa-Helm gestopft ist, sitzt in einem Straßencafé, trinkt eine Cola und betrachtet versonnen ihre blassrosa lackierten Zehen in den Prada-Bastsandalen. Sie ist im Reinen, mit sich und ihrem Planeten, auf dem Kolibris gerade mit Schmetterlingen Fangen spielen.

Plötzlich ertönt hinter ihr eine Stimme:

»Entschuldigen Sie, ist da noch frei?«

Sie fährt herum, ihr brauner Pferdeschwanz fliegt mit. Hinter ihr steht ein sympathischer Typ, da gibt es nichts zu sagen, nettes Lächeln, schöne Zähne. Sie lächelt, öffnet den Mund, während ihr Blick an ihm herabschweift. Ihr Arm zeigt schon einladend auf den freien Stuhl, da sagt sie plötzlich kalt und bestimmt:

»Tut mir Leid, aber meine Verabredung kommt gleich.«

Bitte? Madame hatte sich doch erst über Gesellschaft gefreut! Ja, das hatte sie wohl. Aber das war, bevor sie an ihrem Tischgenossen in spe herabblickte und sein fürchterliches Geheimnis entdeckte: Seine Waden waren nackt, er trug kurze Hosen.

Als kluges Mädchen, das sie war, wusste sie sofort: Ihre ganze Welt (Rom, die Eleganz, *Ein Herz und eine Krone*, der ganze Rest) wäre sofort zu Staub und Asche zerfallen, hätte sie auch nur eine Minute neben einer kurzen Hose gesessen.

Sie hätte angestrengt in die andere Richtung sehen müssen, sehr bald einen Schein auf den Tisch gelegt und wäre rasch verschwunden, ohne ein Wort zu sagen.

Was haben Männer in kurzen Hosen verloren? Was geht in ihnen vor, wenn sie bei den ersten Sonnenstrahlen ihre Shorts aus dem Schrank holen und fröhlich hinein in ihr Verderben steigen? Wissen sie denn nicht?

Männer in kurzen Hosen werden nicht ernst genommen. Weder von Frauen noch von anderen Männern. Es sagt ihnen bloß keiner. Niemand sagt ein Wort. Alle sehen unbeteiligt in die andere Richtung, als wäre nichts.

Man stelle sich vor, Don Corleone wäre in Sizilien an einem heißen Sommertag in einen seiner schwarzen Wagen gestiegen, um einen Verräter heimzusuchen. Er wäre vor dem Haus des Verräters vorgefahren, seine Männer hätten geklingelt, und der Verräter wäre, Unheil ahnend, vor die Tür getreten. Die Sonne hätte den Verräter geblendet, denn er hätte in der Eile seine Brille vergessen. Er hätte trotzdem mehrere schwarze Limousinen, mehrere Männer in dunklen Anzügen, mit dunklen Brillen und ebenso finsteren Mienen und den Don im Fond des ersten Wagens sitzen sehen. Der Don hätte ihm ein Zeichen gegeben, er solle sich doch zu ihm auf den Rücksitz des Wagens setzen. In dem Moment, wo sich der Wagenschlag geöffnet und der Verräter seinen Kopf in das Wageninnere gesteckt hätte und sein Blick auf den Don gefallen wäre, hätte er festgestellt, dass der Don – Shorts trägt. Was wäre gewesen? Der Verräter hätte sich beim Anblick dieser nackten, behaarten Waden einfach totgelacht. Der Don hätte eine Kugel gespart.

Es gibt nur zwei Ausnahmen, wo die untere Hälfte des Beinkleids weggelassen werden darf:

1. Beim Sport
2. Im Wasser
3. Ein Grenzfall ist die Schlafanzugshose. Die kann kurz sein, besser ist sie aber auch lang, und zwar so lang, dass sie die Füße bedeckt.

Gregory Peck wäre nicht im Traum auf die Idee gekommen, Audrey Hepburn in kurzen Hosen Rom zu zeigen. Dabei war es in jenem, genau wie in jedem Sommer sehr heiß in Rom. Hitze ist also kein Argument, zumal in wirklich heißen Ländern die einzigen kurzbehosten Männer aus Nordeuropa kommen.

Sizilianer, Beiruter, Tel Aviver oder Pakistani bedecken auch bei größter Hitze immer ihre Beine mit Stoff. Dafür werden sie auch ernst genommen. Denn in kurzen Hosen kann man höchstens in Phuket oder auf Goa Verhandlungen führen. Alle anderen männlichen Rituale sind mit nackten Beinen nicht durchführbar.

Richtige Männer wissen, dass kurze Hosen für kleine Jungs sind. Für sehr kleine Jungs, und selbst die verabschieden sich spätestens an ihrem zehnten Geburtstag von der kurzen Buxe. Und machen Platz für eine neue Notwendigkeit: Sex-Appeal.

Auch hier muss man die weisen Worte von Oberstyler Mike Diamond von den Beastie Boys zitieren, der es für alle Zeiten und alle Männer wunderbar auf den Punkt gebracht hat:

»Die sexieste Stelle am Körper eines Mannes ist die Stelle, wo die Hose auf seinen Schuh trifft.«

Wo ist bei Shorts diese Stelle? Eben.

Mehr gibt es zu Shorts nicht zu sagen, außer: Noch schlimmer als Shorts sind Shorts und Sandalen.

Sport

Tennis ist meine bürgerliche Seite.

Stephan Schäfer

Neben seiner Begeisterung für Sport, den andere ausüben, sollte ein Mann auch selbst mindestens einer Sportart frönen. Nur faule Orientalen und Frauen mit gutem Bindegewebe dürfen Sport langweilig finden. Ein Mann treibt Sport, um seinen Körper zu stählen, Zeit totzuschlagen oder auch nur, weil er verschwitzt so gut aussieht.

Aber nicht jede Sportart ist für ihn geeignet. Ein Mann übt zum Beispiel keinen Sport aus, bei dem er knackenge, im Schritt gepolsterte Lycrashorts trägt, seine Beine rasiert und ständig seinen Puls misst. Wer seinen Puls misst, erweckt den Eindruck, er könne jederzeit ohnmächtig werden oder tot umfallen.

Ein Mann zählt auch keine Kalorien, es sein denn, er ist fett wie eine Tonne und muss abnehmen. Dann tut er das ohnehin heimlich. Aber ein Mann, der aus sportlichen Gründen auf Kohlenhydrate oder Kalorien verzichtet, ist für Frauen so sexy wie der Vorsitzende einer Weight-Watchers-Gruppe.

Ein Mann macht Sport allein oder gemeinsam mit

anderen Männern, niemals aber mit einer Frau. Schon gar nicht mit zwei Frauen. So erklärt es sich von allein, dass Yoga für Männer nicht infrage kommt. Bei einem Mann, der sich mit einer Gucci-Yoga-Matte unter dem Arm mit den Worten: »Ich muss mich beeilen, meine Yoga-Stunde fängt gleich an« verabschiedet, ist einiges durcheinander geraten. Das ist schlimmer, als nur im Einklang mit seiner femininen Seite zu leben. Yoga mag durchaus seine Berechtigung haben, aber das gilt auch für Ballett. Ein Mann macht beides nicht.

Ein Mann hat auch keine Freude daran, zwischen lauter verschwitzten Cellulitis-Schenkeln zu sitzen. Die meisten Frauen bieten beim Sport keinen schönen Anblick, sonst müssten sie keinen Sport machen. Ein Mann möchte sich diesen Anblick gern ersparen. Es sei denn, er hat Gründe, sich auf den Après-Sport zu freuen. Dann sind Tricks erlaubt, wie zum Beispiel einen gemischten Ruder-Ausflug vorzuschlagen.

»O nein«, sagt er dann beim Besteigen des Bootes, »mein Kiton-Anzug ist nicht wasserfest, wir müssen nackt rudern!«

Unter diesen Bedingungen ist Rudern genau wie jede andere Sportart (Karate, Trampolinspringen, Weitsprung) mit Frauen völlig in Ordnung, sofern es nicht in einem Nudisten-Camp stattfindet.

Männer, die es mögen, komplett bekleidet mit Frauen Inlineskates zu fahren oder auf Partnerbikes Touren zu machen, sind Luschen, die entweder keine Freunde haben, mit denen sie verschwinden können, oder sie dürfen nicht, weil Sieglinde sonst nicht weiß, was sie währenddessen tun soll, ganz allein.

Denn Sieglindes Freundinnen sind noch langweiliger als sie selbst. Sofern Sieglinde überhaupt Freundinnen hat. Meistens trifft sie sich ohnehin nur leidenschaftslos mit ein paar Kolleginnen nach der Arbeit, um etwas zu trinken, und ist um dreiundzwanzig Uhr wieder zu Hause, wo sie dann seine Socken zusammenlegt oder ein paar Blusen bügelt.

Echte Männer haben grundsätzlich viel Spaß mit ihren Freunden, erst recht beim Ausüben einer Sportart. Radausflüge mit Frauen fallen bei ihnen unter die Rubrik »Vorspiel«. Sie kaufen ihrer Missus vielleicht ein BerGaMont-Bike, damit sie auch mal was vom Leben hat, er wird ihr aber niemals die weibliche Version seines eigenen Rades schenken, das so leicht und teuer ist, dass es nur im Schlafzimmer stehen darf. Genauso wie ein Mann seiner Frau niemals einen Lotus Elise kauft, wenn er selbst einen BMW Compact besitzt. Nein, das tut ein Mann nicht. Nur eine Lusche freut sich, wenn ihr fahrbarer Untersatz schneller ist als sein eigener.

Ein Mann ist immer schneller als die Frau, sonst fährt sie ihm davon (siehe auch das Kapitel *Auto*). Männer schnallen sich aber trotzdem keine Schuhe mit Rädern an die Füße, die sich ursprünglich mal ein Kleine-Mädchen-Hasser ausgedacht hat, damit sich ganze Generationen von Mädchen mit den Dingern die Knie aufschlagen, und rollen damit durch die Stadt.

Männer nicken stattdessen viel sagend, wenn sie eine

Frau um die dreißig mit sehr schönen, aber leicht vernarbten Knien treffen. Sie stellen sich dann vor, wie die neunjährige Version dieser Lady mit heraushängender Zunge und verpflasterten Knien mit ihrem Spezial-Schraubenschlüssel ihre Hondura-Rollschuhe unter ihre schnell wachsenden Füße zu schrauben versuchte. Was natürlich ohne männliche Hilfe nicht zu machen war (überflüssig zu erwähnen, dass dies die ersten Anbandeleien im vorpubertären Alter zur Folge hatte. Hässliche, dicke Mädchen mussten ihre Brüder und Väter zu Hilfe rufen).

Rollerblades sind im Prinzip genau dasselbe wie das Mädchenspielzeug Rollschuhe und höchstens für Amerikaner geeignet, die unter ihren langweiligen Beaches in Kalifornien leiden.

Der einzige Sport, den ein Mann mit einem weiblichen Partner ausüben kann, ist Tennis. Er sollte aber nicht Mitglied in einem Tennisclub sein. Auch nicht im Golfclub.

Viele Tennis- oder Golfinteressierte auf einem gemeinsamen Areal sollen bei den Mitgliedern das Gefühl von Reichtum und Exklusivität hervorrufen. In solchen Clubs sitzen nur Luschen, die sich in der Club-Cafeteria nicht ganz so unwichtig und unbeachtet fühlen wie in ihrem sonstigen Dasein. Clubmitgliedsein ist nichts als die langweilige, teurere und auch viel spießigere Weiterentwicklung der Vereinsmeierei.

Golfclubs sind das Unsportlichste überhaupt. Sie sind nur etwas für Kontaktsuchende, die sonst allein auf ihrem Ikea-Sofa sitzen müssten. Was soll an überteuerten Spargelkarten-Restaurants mit viel Grün drum herum erquickend sein?

Außerdem ist Golf ein Rentnersport. Ein männliches *Hot Temper* hält diese Langeweile nicht aus, sondern wird von dem vielen Grün aggressiv und wütend.

Tennis zu spielen darf einem Mann Spaß machen, nicht aber die Mitgliedschaft im dazugehörigen Club. Er spielt ganz in Weiß, ohne Streifen, damit er aussieht wie aus einem Roman von F. Scott Fitzgerald.

Gute Sportarten für Männer:

1. Polo. Todschick. Arriviertensport. Allein schon deshalb toll, weil es in Deutschland keiner macht. Sehr gute Gesellschaft.
2. Kricket. Dasselbe.
3. Hockey. Wahnsinnig brutal. Wer das durchsteht, heult wegen einer Herpesblase nie mehr eine Frau an.
4. Motorsport. Alle Männer sollten Rennen fahren, wirklich.
5. Crossbiken. Mit einem Plastikmotorrad auf Sandhügeln herumzurasen und dabei einen Höllenlärm zu verursachen kann unfassbar gute Laune machen.
6. Offshoreboot. Prinzessin Caroline sieht das sicher anders, aber mit 200 Sachen übers Wasser zu rasen ist nicht ohne.
7. Tauchen. Taucht er wieder auf oder nicht? Oder doch? Und was ist da unten überhaupt los?
8. Boxen. Sorgt für interessante Einblicke in fremde

Milieus und verleiht die Fähigkeit, jeder Nervensäge sofort die Fresse zu polieren. Wusch.

Schlechte Sportarten für Männer:

1. Radsport. Rasiert, lycrabehost, sensibel.
2. Golf. Nur toll, wenn man ein Schaf ist.
3. Fitnessstudio. Beklemmend. Dusch- und Wetgel-Ambiente. Zu viele Yoga-Typen.
4. Bungeejumping. Total blöd. Man bedenke, was man da eigentlich tut. Man springt mit einem Gummiseil am Bein eine Brücke hinunter und bleibt, mit dem Kopf nach unten am Seil baumelnd, hängen. Krass, oder?
5. Klettern an künstlichen Kletterwänden. Wozu das? Klettern ohne Bergfeeling und ohne Gottesnähe ist doch wie Erbsensuppe ohne Erbsen.
6. Inlineskaten. Mädchenkram.
7. Reiten. Noch schlimmerer Mädchenkram. Ausnahme: Rancher und natürlich Polospieler.
8. Tandem fahren. Hilfe. Wer das macht, ist wirklich selbst schuld und sollte in den Ferien nach Florida fahren.

Urlaub

Wenn er nur »Urlaub« sagt,
könnte ich sofort kotzen.

Nina Bagusat

In der Fremde trennt sich die Spreu vom Weizen. Nirgends ist leichter zu erkennen, ob ein Mann Weltklasse hat oder nur ein kleiner Home-Boy ist, als weit weg von zu Hause, in der so genannten Fremde.

In einer fremden Umgebung, wenn er das Schraubglas seines gewohnten Umfelds verlassen hat, stülpt sich das Innerste eines Mannes nach außen. Da draußen, außerhalb seines sicheren Käfigs, wird er gnadenlos erkennbar wie ein Insekt unter der Lupe.

Ein Mann muss weltgewandt sein. Er tritt überall auf der Welt sicher auf. Und zwar ganz im Wortsinne: Er tritt sicher auf, bedeutet, dass er so selbstsicher über das Pflaster schreitet, als würde es ihm persönlich gehören. Als wäre es sein Boden, sein Asphalt, sein *barrio*, alles seins, so weit das Auge reicht.

Wer das vollkommene Glück dabei empfindet, es sich in der eigenen Wohnung auf seiner platt gesessenen Sofaseite gemütlich zu machen, eingehüllt in seine Plüschdecke, die Fernbedienung sicher in der Hand, sanft beschienen vom Licht der Ikea-Wohnzimmerlampe SKYMMA, der sagt auch Dinge wie:

»War ein super Urlaub. Wir hatten es fast so gemütlich wie zu Hause.«

Warum soll man überhaupt irgendwohin fahren, wenn man es dann dort genauso vorfindet wie zu Hause?

Zum Jargon der Gemütlichkeit gehören auch: »die Joppe«, »die Puschen« und »das Fernsehprogramm«. Und »ein Gläschen Wein«.

Ein Mann, der das Wort »Urlaub« benutzt, gehört sofort aufgespießt. Es ist eines der Wörter, die, sobald ausgesprochen, per Großalarm eine Riesenladung kleinbürgerliche Vorgartenzwerg-Ästhetik einläuten.

Ein Mann sagt niemals:

»Ich freue mich so auf den Urlaub.«

Oder: »Ich mache dieses Jahr zu Hause Urlaub.«

Oder, Gefahrenstufe 6: »Ich war im Urlaub auf Balkonien.«

Ein Mann fährt weg. Er fährt einfach woanders hin und ist dann dort, weg eben. Wenn es sehr weit weg ist, dann verreist er. Und wenn er von seiner Reise wieder zurückkommt, dann ist er wieder da.

Andere Männer sagen Sachen wie:

»Im Urlaub will ich fressen, ficken und entspannen.«

»Ja«, möchte man darauf antworten, »das hast du dir auch redlich verdient.«

Wer so etwas sucht, sollte gleich mit einer Familienpackung Viagra in einem gemischten Altersheim einchecken. Da wird alles drei geboten, ohne Reisestrapazen.

Ein echter Mann sucht Anspannung, nicht Entspannung. Entspannung ist was für Rentner (siehe auch das Kapitel *Mut*).

Niemals bucht er im Reisebüro oder Internet Flug, Hotel und Mietwagen (niedrigste Preiskategorie, im Urlaub braucht er kein Fahrvergnügen oder so was).

Susis, die sich durch eine übersteigerte Buchungs-Euphorie auszeichnen, wollen am Ankunftsort dafür, dass sie alles so perfekt organisiert haben, von ihrer Begleitung ständig gelobt werden. Abgesehen davon, dass es schwul ist, Lob einzufordern, gibt es schlichtweg auch keinen Anlass dafür.

Susis wollen dafür gelobt werden, dass das Hotel noch steht, der Aufzug funktioniert, der Pool mit Wasser gefüllt ist, das All-you-can-eat-Frühstücksbüffet im Preis eingeschlossen ist, der Fernseher auf dem Zimmer RTL empfängt und solche Sachen.

Es gibt aber noch eine schlimmere Sorte Susis, nämlich die, die noch nicht einmal in der Lage sind, eine Pauschalreise zu buchen. Denen ist sogar das zu viel, sie fühlen sich davon überfordert und gehen dem aus dem Weg.

Irgendwelche Leute, die die Susi kennt, fahren irgendwohin, zum Beispiel nach Kapstadt, und fragen die Susi, ob sie mitkommen möchte. Dann geht Susi in ein Reisebüro, bucht einen Flug und wartet dann, mit der Fernbedienung in der Hand auf dem Sofa sitzend, bis es so weit ist. Mit Flossen, Backgammonspiel und einer Literflasche Sonnenmilch aus dem Drogeriemarkt im Gepäck setzt sich die Susi in die S-Bahn zum Flughafen, um das begrenzte Reisebudget nicht schon vor Abflug zu sprengen. Und um das Leid während des langen Fluges zu begrenzen, schluckt der Susi-Mann, kurz bevor er aus der S-Bahn steigt, eine Prohypnol, die bei seinen Eltern im Badezimmer rumlag. Er hatte gehört, dass Schlaftabletten frühestens nach ein paar Stunden wirken. Er geht zum South-African-Airways-Schalter.

»Your passport, please.«

Er gibt dem teilnahmslosen Bodenpersonal, in diesem Fall einer braunhäutigen Schönheit, seinen Personalausweis.

»No, I need your passport.«

»I don't have a passport«, sagt die Susi.

»I'm sorry, but you can't fly to South Afrika without a valid passport.«

Sie sieht ihn streng an, gar nicht mehr teilnahmslos.

Ihm platzt der Schädel. Daran hat er nicht gedacht. Ein Pass, herrje. Sind nicht alle Grenzen offen? Bisher ist er mit seinem Personalausweis überall hingekommen.

Niemand hat ihm gesagt, dass man für Südafrika

einen Pass braucht. Eine Stunde später sitzt er wieder in der S-Bahn. Seine Freundin wird ihn vom Bahnhof abholen.

Am Bahnsteig fällt er Sieglinde torkelnd und mit geschlossenen Augen in die Arme, sinkt auf den Boden und bleibt auf dem Bahnsteig liegen. Den herbeilaufenden Bahnhofsbullen muss Sieglinde erklären, dass ihr Freund ein pflanzliches Schlafmittel auf leeren Magen genommen hat. Sie rufen einen Sanitäter, der die Susi ins Krankenhaus bringt. Zur Blutabnahme.

An Hauptbahnhöfen ist mit Leuten, die ohnmächtig aus S-Bahnzügen herausplumpsen, nicht zu spaßen.

Oder die Susi sitzt auf ihrem Sofa, die Fernbedienung in der Hand, und bekommt einen Anruf:

»Ey, Uwe. Wir holen dich dann morgen um sieben ab. Vergiss bloß das Backgammon-Spiel nicht!«

Und Uwe, völlig entspannt:

»Ey, stimmt. Klar, das Spiel habe ich eingepackt.«

Ja, das Backgammon-Spiel liegt schon in der Marlboro-Reisetasche, neben dem Red-Bull-Badetuch und den Schwimmflossen.

In diesem Fall ist es einerlei, ob die Reise, pardon, der Urlaub nach Sansibar, Mauritius oder Mallorca geht. Hauptsache Erholung. Der Grad der Anspannung verläuft hier umgekehrt proportional zum Grad des erholten Aussehens.

Erholung geht bei Männern häufig mit äußerlicher Verwahrlosung einher.

Noch am Urlaubsort macht sich diese Verwahrlosung in Form von Zehntagebärten sowie extremer Apathie und Teilnahmslosigkeit bemerkbar und wird häufig von ignoranten Äußerungen wie: »Was sind das hier überhaupt für Steaks? Ich will richtiges Fleisch« begleitet.

Auch ist der von der Reise gezeichnete Mann daran erkennbar, dass er sein Hemd trotzig über der Hose trägt. Wenn er dann wieder auf seinem alten Planeten gelandet ist, rasiert er sich wieder und steckt, wenn er unter fünfunddreißig ist, einen Teil seines Hemdes in die Hose. Ist er älter (aber noch geschlechtsreif), steckt er es ganz in die Hose.

»Ey, Uwe, wie war's denn auf Sansibar?«

»Ganz lustig.«

Ja, es war wohl wirklich lustig. Denn es gab dasselbe Essen wie zwei Jahre zuvor auf Malle und wie ein Jahr zuvor auf Mauritius. Auch auf den Speisekarten standen dieselben Gerichte, Gott sei Dank.

Susi hat dieselbe Badehose morgens an- und abends wieder ausgezogen. Er hat sich abends, bevor er sich mit den anderen zum Essen traf, seinen Sommerpullover von S. Oliver über die Schulter geworfen, weil es dann doch merklich abkühlte.

Diesmal hat er sich keine Plastiksonnenbrille in einem Müller-Drogeriemarkt kaufen können wie damals in Palma. Müller-Märkte gab es auf Sansibar nicht.

Leute hat er auch wieder keine kennen gelernt. In den Hotels sahen mehr oder weniger alle gleich aus. Die

Susi und ihre Gruppe kamen sich deshalb schon etwas elitär vor. Deshalb waren sie auch alle den ganzen Tag fröhlich.

Das war wirklich alles ganz lustig.

Männer, die gern und immer wieder von ihrem Urlaub erzählen, sind nur zu ertragen, wenn man sich schlafend stellt.

Ein Mann erzählt niemals hundert Prozent witzfreie Urlaubsgeschichten, wie z. B. die von den zwei mexikanischen Grenzbeamten, die beim Anblick zweier deutscher Pässe »Ah, Hitler?« sagten.

Nein, so etwas erzählt ein Mann einfach nicht. Niemand wird je erfahren, ob jemals irgendjemand beim Anblick seines Reisepasses »Ah, Hitler?« gesagt hat. Dann muss sich seine Missus auch nicht wegen akuter Müdigkeit entschuldigen, sobald er das Wort »Mexiko« nur ausspricht.

Ein Mann weiß: Kultur kann er in keinem Reiseführer nachlesen und auch in keinem Reisebüro buchen. Kultur hat er, oder er hat sie nicht. Wenn er sie hat, hat er sie also immer bei sich, er trägt sie ja in sich drin. Egal, wo er hinkommt, niemand kann sie ihm nehmen.

Und auch nicht geben.

Beispiel Rom. Alles ist in dieser Stadt ist auf beklemmende Weise kulturell. Es gibt hier keine Jahreszeit, in der man den Ameisenscharen schlecht gekleideter Touristen entrinnen könnte. Als hätten sie sich für die Römer einen besonders guten Witz ausgedacht, kommen die Hässlichsten von ihnen alle gleichzeitig über Ostern. Die Straßen der Stadt sehen während der Ostersaison aus, als würde hier ein internationaler »Ugliest-Tourist-Contest« stattfinden. Man besichtigt sogar die Nächte durch, um möglichst viel Kultur zu tanken.

Für Touristen kommt Kultur aus einem Schlauch mit Zapfhahn. So sieht man sie erschöpft und verschwitzt, aber voller Wissensdurst, mit Wasserflaschen und telefonbuchdicken Reiseführern todernst an der Piazza Venezia umhertapern. Im August haben diese Wahnsinnigen die Stadt für sich allein, denn die Römer fliehen für vier bis sechs Wochen ans Meer. Wenn es sich nach all dem jemand verdient hat, ans Meer zu fahren, dann wohl die Römer.

Ein Mann lässt sich niemals mit einem Stadtplan und einem Dumont-Führer an der Spanischen Treppe oder sonstwo blicken. Wenn er doch an der Spanischen Treppe gesehen wird, dann sicher nur kurz und nur in der Abenddämmerung, um illegale Geschäfte mit einem jungen Zigeuner abzuwickeln. Wenige Minuten später sitzt er, der Mann, wieder oben in seiner bonbonfarbenen Suite mit den Möbeln aus Familienbesitz im »Inn at the Spanish Steps«.

»The Inn« ist eine gute Möglichkeit, in dieser Stadt standesgemäß unterzukommen, denn es hat die Atmosphäre eines englischen Guest House. Von seiner Terrasse aus, auf der Kaffee und Cocktails serviert werden, geht der Blick weit über die Spanische Treppe hinaus.

Wenn ihm die Handlung da oben zu dünn wird, schlendert er in die Via dei Condotti hinunter und hängt ein wenig beim First-Class-Herrenausstatter Brioni ab. Vielleicht kauft er sich ein paar Hemden, in der Art, wie sie Gianni Agnelli trug. Vielleicht auch einen leichten Anzug. Vielleicht isst er, nicht weil er hungrig ist, sondern weil Casanova es in seinen Memoiren erwähnte und auch Goethe und Stendhal hier schon saßen, im Caffè Greco einen Paradiso.

Vielleicht sitzt er aber auch ganz woanders, in der Nähe der Via Cavour in einem zauberhaft schönen Garten, der zu einem mittelalterlichen Turm mit einer perfekten Hausherrin gehört. Diese Hausherrin bietet im obersten Stockwerk ihres Turmes ein Zimmer mit Blick auf das Kolosseum an, ebenso wie Abendessen von der allerfeinsten Sorte, das sie entweder in dem mit uralten Gemälden ausgestatteten Salon oder auf der spektakulären Terrasse serviert.

In diesem Garten also sitzt er, vor sich aufgeschlagen eine *Gazzetta dello Sport*.

Sie (nicht die Hausherrin, diesmal reist der Mann in weiblicher Gesellschaft) kommt sehr langsam aus dem Treppenhaus im Turm gelaufen. Unter den Arm hat sie ihre vollkommen überfüllte, etwas abgegriffene Fendi-Tasche aus rosa Pythonleder geklemmt. Sie setzt sich zu ihm, kramt drei neue Schachteln Merit aus der Tasche hervor und stapelt sie übereinander auf die cremefarbene Tischdecke. Sie öffnet die oberste Packung und zieht eine Zigarette heraus.

Er gibt ihr Feuer und nimmt sich auch eine.

Sie zieht die Knie hoch, setzt die Füße auf die Stuhlkante – ihre Tasche fällt ihr dabei fast vom Schoß –, und ein paar zusammengefaltete Zettel, ein kleines Unterseeboot in Haifischform, in dem Tim und Struppi sitzen, und ein Visine-Augentropfenfläschchen fliegen heraus. Sie umschlingt mit den Armen ihre angezogenen Knie, die Tasche ist jetzt zwischen Knie und Bauch eingeklemmt. Jetzt wird nichts mehr herausfallen.

Sie lächelt.

Er zieht an seiner Zigarette, bläst den Rauch langsam aus und sagt:

»Du hast keine Schuhe an …«

Sie spreizt ihre nackten Zehen und schüttelt den Kopf:

»Nein, und auch keine Strümpfe.«

Sie lachen beide lange, dabei war das gar nicht so lustig.

Dann ist es wieder still. Eine leichte Brise lässt die Zeitung hochfliegen.

»Kannst du das überhaupt lesen?«, fragt sie.

»Keine Zeile«, antwortet er.

Sie nimmt einen tiefen Zug von ihrer Zigarette:

»Dann siehst du dir also nur die Bilder an.«

Er nickt.

Sie lächelt zufrieden.

Er nickt noch einmal:

»Vielleicht kriege ich bald Hunger.«

»Wann genau?«

»Eigentlich schon seit einer Stunde. Was willst du heute essen?«

Sie legt den Kopf zurück und sieht nur Baumgrün und Himmelblau. Die Sonne scheint immer noch in den Garten, obwohl es schon fast acht Uhr ist. Es ist ganz still, sehr weit entfernt ist Gehupe und Vespa-Knattern zu hören. Sonst nichts.

Er wollte nach Rom, eine brillante Idee. Sie hat nur schnell ein paar Kilo Zeug in ihre Tasche gestopft. Seine Worte waren:

»Lass uns verschwinden, bloß für ein paar Tage keine Leute sehen. Und auch sonst nichts. Einfach nur mal tief durchatmen.«

Ausgerechnet in Rom. Jetzt ist klar, was er meinte. Hier, in diesem Garten und in dem Turmzimmer, aus dessen Fenster man gerne sein Haar herunterlassen würde, ist der Horizont immer so weit weg, wie man möchte. Der Rest der Stadt umhüllt den Ort mit einer semi-permeablen Membran. Wenn einem etwas aus der Tasche fällt, kann man es auch noch am nächsten Tag einsammeln oder nie mehr, es ist völlig egal.

Es kommt niemand herein, nur man selbst.

»In Zitronenblätter eingewickelten Büffelkäse«, antwortet sie.

Wenn Susi sich Gedanken um die Urlaubsgarderobe gemacht hat, verändert er im Urlaub sein Aussehen. Aber auch wenn er sein Aussehen nicht aktiv verändert, ist er im Urlaub noch leichter identifizierbar als zu Hause auf gewohnten Pfaden.

Die Susi trägt im Urlaub gern besonders bunte und fröhlich gemusterte Hemden. Kein Mensch weiß, warum. Es gibt keinen Grund dafür, denn: Cooler Stil ist überall cool. Wer ihn zu Hause hat, braucht ihn woanders nicht neu abzumischen. Bis auf ein paar kleine Nuancen vielleicht.

Barfuß Auto fahren, damit die Schuhe auch mal ruhen, wie Helge Schneider singt, und Turbantragen sind in Punta del Este gut, in Fulda aber schlecht. Ansonsten ändern sich die Gesetze nicht.

Trotzdem trägt die Susi auch auf Elba immer Socken in den Schuhen. Er legt auch sein Handy im Ristorante Publio auf den Tisch. Es klingelt natürlich nicht.

Er bestellt gern auf Italienisch. Das hat er zu Hause in der Pizzeria geübt:

»Una insalatah di marre per me, per favore. Grazie.«

Aber die Karte liest sie lieber auf Deutsch, die gute Susi.

Susi fragt auch, ohne sich zu schämen, nach einem Löffel für die Nudeln. Denn das sieht die Susi nicht ein, ohne Löffel die Nudeln zu essen.

Aber einen Wein von der Weinkarte nehmen: ja. Ist ja Urlaub. Wenn er mit einer Frau unterwegs ist, zahlt mal er, mal sie. Oder sie teilen die Rechnung. Denn warum soll Susi alles allein zahlen?

Nach dem Essen geht die Susi gern in eine Bar, vielleicht eine, die in diesem Ort so bekannt ist wie die Bar Bosch in Palma. Da lässt sich die Susi die Karte geben. Das Getränk, das er sich bestellt, sieht aus wie ein Transvestiten-Zwillingsgeburtstag.

Am nächsten Tag sitzt die Susi wieder am Strand. Oder sieht sich etwas an, etwas, das man sich eben ansieht. Kann aber auch nur ein blöder Flohmarkt sein. Die Susi geht natürlich gern auf Flohmärkte. Gehört ja zur Kultur mit dazu.

1. Ein Mann kümmert sich um alles, wenn er mit einer Frau verreist. Während der Reise zahlt er immer für beide. Und zwar in bar. Wenn sie auf einem Bazar oder Markt etwas sieht, das ihr gefällt, feilscht er für sie. Das ist ein Zahlungsritual unter Männern.
2. Wenn jemand zum Flughafen muss, hat er einen Fahrer organisiert. Er sagt nie: »Ich fahr mit der Bahn rein.« Genauso wenig versucht er jemand anderen zu überreden, das zu tun.
3. Er wird vor Abflug nicht nervös, nervt nicht, weil er viel zu früh zum Flughafen will, ist aber auch nicht so verpeilt, dass er grundsätzlich jeden zweiten Flieger verpasst.
4. Er hat keine Flugangst und er redet auch nicht darüber.
5. Er stellt sich nicht sofort in jede Schlange, wenn er aufgerufen wird. Er wartet, bis alle eingestiegen sind. Bei der Landung steht er nicht sofort auf und stellt sich in die Schlange im Gang.
6. Er hat immer genug Landeswährung für Trinkgeld in der Tasche.
7. Er ist auch in anderen Ländern ein guter Autofahrer. Auch auf der anderen Seite der Straße.
8. Er denkt nicht, dass es eine gute Idee sei, im Juli oder August nach Saint-Tropez zu fahren.
9. Er meidet *All-you-can-eat-* und *Kids-eat-free-*Büffets.

10. Er sieht nicht aus wie ein Tourist.
11. Er freut sich in einem Hotel nicht auf das Frühstück. Er geht auf keinen Fall in einen Frühstücksaal.
12. Er klaut keine Hotelhandtücher und nimmt auch keine Shampooflaschen aus Hotelbadezimmern mit. Auch nicht die besonders schönen. Sein eigenes Handtuch ist weder mit »Bacardi Rigo« noch mit »Dorinth Hotel Mallorca« bedruckt. Loser erkennt man am Strand ganz leicht an ihren geklauten Hotelhandtüchern.
13. Er hat professionelles Reisegepäck, z. B. aus Aluminium. An seinem Koffer haftet kein Dachbodenstaub.
14. Wohlerzogene Männer schmeißen keine Frau in den Pool. Und tunken sie auch nicht unter Wasser. Es sei denn, sie hat ihn die Nacht davor unter den Tisch getrunken. Mit Whisky. Dann ist Tunken in Ordnung. Erlaubt sind dagegen Wasserbomben.
15. Ein Mann trägt nur dann einen Pareo, wenn er darin aussieht wie ein Liebesgott. Wenn er sich nicht so selbstverständlich damit bewegen kann, als wäre er darin geboren, bleibt er in seinen leichten Leinenhosen.
16. Er lässt sich gern täglich von seiner hawaiianischen Lieblingsmasseuse eine Lomi-Lomi-Nui-Massage verpassen und kommt danach aufgeblüht zurück an den Pool.
17. Er weiß, wie viel Sonne er verträgt, und hält sich daran. Hat er eine weiße Milchhaut, geht er erst spät

nachmittags raus, und zwar in ein schattiges Plätzchen. Er weiß, dass es in heißen Ländern ohnehin sehr unfein ist, vor Sonnenuntergang das Haus zu verlassen. Er hat trotz seiner blassen Haut keine Zweiliterflasche Delial dabei, sondern etwas Anspruchsvolles wie Dior Sun, Sisley oder Clarins, das er einer guten Freundin stibitzt hat. Riecht er Kokusnussöl, muss er sich sofort übergeben.

18. Er bindet sich niemals den Pullover um die Schultern. Er kramt auch keine alte Jeansjacke aus, um im Urlaub *casual* zu sein.
19. Wenn ihm alles gestohlen wird, behält er die Ruhe. Er braucht zwei Tage, um sich neu zu organisieren. Kostet ihn lediglich ein paar Telefonate.
20. Er ist dort, wo er hingefahren ist, *connected.* Er kennt Leute, weiß, wo er hingehen muss. Aber er war noch nie mit seiner Exfreundin da. Ein Mann fährt mit seiner Freundin niemals an einen Ort, an den er Erinnerungen mit einer anderen hat.

Wohnen

My house is your house
and your house is mine.

Frankie Bones

Ein Mann wohnt in seiner Wohnung oder in seinem Haus allein. Unter Umständen hat er einen Dauergast dubioser Herkunft oder einen Parttime-Mitbewohner ohne feste Absichten, aber er lebt nicht in einer Wohngemeinschaft. Auch nicht, wenn sein Mitbewohner ein toller Designer oder ein schicker BWL-Yuppie ist, mit dem er sich gerade selbstständig machen will. Ein Mann, der keine Wohnung hat, in der er machen kann, was er will, wann er will und mit wem er will, ist eine sehr traurige Angelegenheit.

Ein Mann braucht seine eigene Höhle mit den für ihn wichtigen Requisiten, die ihm die nötige Energie für seine Männlichkeit liefern.

Wohngemeinschaften sind für Leute, die nicht allein sein können. Ein Mann ist gern allein, denn er kennt den Unterschied zwischen allein und einsam.

Es gibt sogar Momente, in denen ein Mann in seinem Haus allein sein muss. Sehr oft sogar.

Es wird schon fast hell draußen. Er sitzt ganz ohne Kleidung, sozusagen nackt, im Schneidersitz auf seinem Doppelbett. Im Schoß hat er ein Kopfkissen liegen, das das Intimste bedeckt. Auf dem Kissen liegt eine kleine Holzschale mit einer vorbereiteten Tabak-Marihuana-Mischung, einem Stück Pappe und einigen Zigarettenpapieren. Er leckt an der Klebefläche eines der Zigarettenpapiere und klebt es schräg an ein anderes.

Sie, nackt bis auf einen türkisfarbenen Slip und einen hautfarbenen Satin-BH im Betty-Boo-Stil, liegt an ein paar Kissen gelehnt am Kopfende des großen Doppelbettes.

Es ist ein komisches Licht im Zimmer, der graue Morgen schleicht sich durch eine schmale Ritze zwischen den dunklen Jalousien.

Sie hat einen Aschenbecher auf ihrem nackten Bauch liegen, hält in der rechten Hand eine Zigarette und eine Literflasche Cola im linken Arm. Der CD-Player spielt *Who needs sleep tonight* von Silicon Soul.

Sie nimmt einen Schluck Cola und reicht ihm die Flasche.

»Oh, ich kann das jetzt nicht loslassen, das gibt ein Unglück«, sagt er, sieht dabei aber sehr durstig aus.

Sie legt die Colaflasche in ihren Arm zurück, ohne den Deckel wieder draufzuschrauben.

Es klopft an der Schlafzimmertür.

»Nein!«

Er schreit sehr laut, sie zuckt zusammen.

Die Tür geht auf, er schreit noch mal:

»NEIN!!«

Die nette Freundin seines noch netteren Mitbewohners kommt ins Schlafzimmer und lässt sich neben ihm aufs Bett plumpsen.

Er wird dunkelrot und sagt:

»Ich habe Nein gebrüllt, welchen Teil davon hast du nicht verstanden?«

Dabei macht er eine ungeschickte Bewegung, weil er verhindern will, dass sein Gegenüber sein Intimstes erblickt. Die kleine Holzschale kippt um und verschüttet ihren Inhalt auf das Betttuch. Er greift nach dem Kopfkissen in seinem Schoß, und dabei zerreißen die zusammengeklebten, von Spucke feuchten Zigarettenpapiere.

Betty Boo rollt sich zusammen vor Lachen und hält sich den weißen Bauch, wo der volle Aschenbecher liegt. Ihre Hand und ihr Bauch sind voller Asche und alter Stummel. Vor Schreck zieht sie den anderen Arm auch hoch, die volle Colaflasche kippt zur Seite, und hellbrauner Schaum quillt auf das hellblaue Betttuch.

Er sieht den Schaumsee, sie bäumt sich vor Lachen auf und ruft:

»Scheiße, der Deckel!«

Der Gast, der es sich auf dem Bettende gemütlich gemacht hat, sagt:

»Ich will euch gar nicht lange stören, aber habt ihr ein paar Blättchen für uns?«

Er schmeißt ihr die Papiere an den Kopf und schreit:

»Aber jetzt raus.«

Vor lauter Ärger vergisst er seine Situation und steht auf, um ihr die Tür aufzuhalten und sie rauszubitten. Das Kissen liegt jetzt natürlich auf dem Boden.

Betty Boo kreischt wie eine Hyäne, über und über besudelt, in einer Colalache, in der Tabak, Kippen und Graskrümel schwimmen.

So sind vornehme Wohngemeinschaften. Von den weniger vornehmen wollen wir erst gar nicht berichten.

Ein Mann zieht niemals in die Wohnung einer Frau. Schon gar nicht in die Wohnung von zwei Frauen. Er lässt seine Missus in seine Wohnung einziehen und schafft etwas Platz für sie.

Sie wird dann nach und nach einen großen Teil ihrer Garderobe zwischen seine Anzüge hängen, einen kleinen Teil ihrer persönlichen Gegenstände in seiner Wohnung verteilen und sein bisher minimal eingerichtetes Bad in das Erdgeschoss von Harvey Nichols in London verwandeln.

Wenn die Party zwischen den beiden vorbei ist, wird sie schnell wieder ausziehen. Denn: Frauen ziehen aus oder schmeißen raus. Männer bleiben sitzen, deshalb vermeiden sie Trennungen allein schon wegen der ungemütlichen Folgen. Luschen bleiben nach einer Trennung sogar noch bei ihren Exfrauen wohnen.

Ein Mann zieht aus diesem Grund nirgends hin, er holt höchstens zu sich.

In den eigenen vier Wänden, in seinem eigenen Haus ist er sicher, kann ihm nichts Schlimmes passieren.

Richtig schlimm hingegen wäre es beispielsweise, plötzlich auf Essstühlen sitzen zu müssen, die mit weißen Stoffhussen bezogen sind (Hussen sind die bösartige Weiterentwicklung von gehäkelten Sofa-Armlehnenschonern). Oder Bier aus Leonardo-Gläsern trinken zu müssen.

Aus unbekannten Gründen schwören die meisten Frauen auf Leonardo-Glaskunst. Ihre männlichen Pendants besitzen Sektkelche mit blauen Blitzen als Stiel. Die mit den Blitzen am Stiel rufen ihren Freundinnen mit den Hennes-und-Mauritz-Körpern zum Abschied noch ein begeistertes »Tschüssikowski!« zu, bevor sie zu Karstadt in die »Young Style«-Abteilung fahren, um sich ein asymmetrisches Plexiglaswandelement für ihre CD-Sammlung zu kaufen.

Ein anderes noch nicht erforschtes Phänomen ist, dass alle Karree-Schuhe tragenden Susis

1. ihre Gefühle mit Wörtern wie »Tschüssikowski« oder »Okidoki« ausdrücken
2. eine Affinität zu Achtziger-Design oder das, was sie dafür halten, haben: alles Asymmetrische, Plexiglas, Keith Haring, Alessi oder Kopien davon. Es kann auch eine schlichte Lampe in Form eines Kussmundes sein.
3. CD-Regale haben, deren asymmetrische Form dem Muster auf ihren Handtüchern ähnelt
4. in ihrem Badezimmern Männerwaschprodukte aus dem Drogeriemarkt stehen haben. Im besten Fall wird es Adidas oder Bruno Banani sein, passend zur Garderobe. Aber niemals Produkte von Biotherm oder Shiseido. Luschen sehen gar nicht ein, vierzig Euro für eine Waschmousse hinzulegen.

Ein Mann, der allein in seiner Burg oder mit einer Gesellschafterin mit befristeter Aufenthaltsgenehmigung lebt, kann auf seinem extraflachen Flat-Screen-Fernseher Premiere empfangen, wann er will, so oft er will und mit wem er will. Niemals muss er auf einem getigerten Bettüberwurf unter einer Fisch-Lichterkette liegen und sich *Sex and the City*-Videos ansehen, den Kopf gebettet auf einem schwarz-goldenen Paloma-Picasso-Kopfkissen. Womöglich auch noch ohne zu rauchen. Lichterketten-Frauen wollen nämlich meist nicht, dass in ihren Schlafzimmern geraucht wird.

Manche haben zur Tarnung ihre Lichterkette in einem hohen Glasbehälter deponiert. Das ist ein ganz fieser Trick der Lichterketten-Frauen, denn die armen Männer sehen erst mal nur an die Wand, aber nicht in diesen Glastopf.

Eine Frau in einer kargen Männerwohnung sieht immer besser aus als ein Mann in einer schön dekorierten Frauenwohnung oder in dem, was Frauen für schön dekoriert halten. Genauso wie sie ruhig seine Sachen anziehen kann, er aber auf keinen Fall ihre. Wenn sie ihn beklaut, ist das auch nicht so schlimm wie andersrum.

Die Wohnung eines Mannes ist grundsätzlich groß oder zumindest großzügig. Nur arbeitslose Erfinder oder ewige Studenten wohnen in Miniwohnungen.

In einer Wohnung, wo die Schlafzimmertür direkt in die Küche mündet, einer so genannten Schlaf-Küche mit Trennwand, sollte nicht für Frauen gekocht werden. Essensgeruch ist zusammen mit den Duftnoten

»Zwiebel« und »Knoblauch« der größte Killer für alle angenehmen Gefühle. Omis Hände dürfen nach Knoblauch riechen, Männerhände nicht. Deshalb kocht ein Mann nur dann in seiner Wohnung, wenn er entsprechend ausgestattet ist, unter anderem mit einer Küppersbusch-Dunstabzugshaube mit Randabzug.

Ansonsten öffnet er nur seine Hausbar. Die passt überall hin.

Ein Mann braucht Platz. Für seine Spielsachen, seine Freunde und für seine Show. Die Show heißt *Ich bin Rockstar* oder *Ich kann fliegen* oder *In meinem Haus passiert einiges.* In einer kleinen Wohnung mit kleinen Räumen und niedrigen Decken kann nicht viel passieren, damit geht es schon los.

Ein Mann ist gastfreundlich, seine Tür steht seinen Freunden stets offen. Susis haben nicht das Selbstbewusstsein oder sind zu faul, um zu bewirten. Sie setzen sich lieber an einen gedeckten Tisch, als sich die Mühe zu machen aufzutischen.

Gastgeber zu sein ist nämlich eine Kunst. Gastgebersein hat Klasse und stellt eine gute Erziehung und Offenheit der Welt gegenüber zur Schau. Wer Angst vor anderen Menschen hat, wird selten zehn Männer und zehn Kästen Bier bei sich zu Hause haben.

Ein guter Gastgeber ist nicht kleinkariert, zählt nicht nach und kontrolliert nicht. Er verlangt von seinen Gästen auch keinen Obolus für seine Unkosten. Er genießt es, wenn sich Menschen in seiner Umgebung und seinen vier Wänden wohl fühlen. Aber dazu braucht er eine

Wohnung, wo Menschen hineinpassen. Und es muss eine Wohnung sein, für die er sich nicht schämen muss, die er gern herzeigt, deren Tür er gern öffnet.

Ein Mann kann seine Autorität durch das bloße Öffnen seiner Wohnungstür zerstören. Sein Ansehen kann dann wie ein Kartenhaus in sich zusammenfallen. Er kann sein Gesicht schon verloren haben, noch bevor er seine Wohnungstür öffnet.

Seine Tür kann schon alles über ihn aussagen. Wenn vor seiner Haustür ein mit Schuhen beladenes Regal steht und an der Tür ein witziges Namensschild mit der Aufschrift: »Hier wohnt Uwe« befestigt ist, fällt sein draußen mühsam erarbeitetes Image wie ein sterbender Mozzarella in sich zusammen. Genauso aufschlussreich ist ein Fußabtreter, der irgendeine Botschaft in sich trägt. Die Matte vor der Tür könnte eine runde Form haben, oder es könnte »ReinRaus!« draufstehen. Oder: »Willkommen an Bord«.

Witze kennen manchmal keine Grenzen. Aber ein Mann kennt die Grenzen des guten Geschmacks sehr wohl und weiß, dass Fußmatten mit Aufschrift für ihn nicht infrage kommen.

Das Magazin *The Economist* schätzt, dass dreißig bis fünfunddreißig Prozent der amerikanischen Männer im Alter von fünfundzwanzig bis fünfundvierzig Jahren metrosexuelle Tendenzen haben.

Nach der Kosmetik- und der Modebranche ist neuerdings auch das Fernsehen auf den Zug aufgesprungen. In der Sendung *Queer Eye for the Straight Guy* (deutsch: »Homo-Auge für den Hetero«) suchen fünf Homosexuelle einen hoffnungslos schlecht gekleideten und ungepflegten Kerl zu Hause auf. Dort machen sie sich ans Werk: Sein Kleiderschrank wird ausgeräumt, seine Wohnungseinrichtung ausgewechselt und sein Leben umgekrempelt. Offenbar interessiert die Verwandlung zum Metrosexuellen: Schon die erste Sendung sahen sich 1,64 Millionen Zuschauer an.

Das ist sehr traurig, aber nicht überraschend für dieses überklimatisierte Land mit den Ketchupflaschen auf den Esstischen.

Wir in Deutschland bräuchten dringend eine Sendung, die genau andersherum arbeitet, die aus Luschen echte Männer macht. Wer nach einer langen Reihe von Tests von der Jury zur Lusche deklariert wurde, müsste zur Therapie mit einem mit Steinen gefüllten Rucksack in die Salzwüste Lut geschickt werden.

Name der Sendung: *Stirb, Susi!*

Das Bad

Alle Frauen schnüffeln sich systematisch durch Männer-Badezimmer, sobald sie die Tür hinter sich abgesperrt haben. Dagegen sind sie völlig machtlos. Sie testen Lidschatten und Nagellack der Vorgängerin. Sehen nach, ob und wie viele Tampons da sind. *o.b.* oder *Tampax*? Mit Tampons ausgestattete Männerwohnungen sind enorm verdächtig.

Wichtig sind die Produkte, die sonst noch im Bad stehen. Echte Männer haben Rasierzeug und nur ein

Duschgel (es muss ja nicht gleich die Duftnote »Bier« sein wie im Kapitel *Körperpflege* beschrieben). Ein anständiges Haarwachs, nicht eine ganze Sammlung, und auch kein Gel in schrillbunter Tube, von deren Anblick man Augenkrebs bekommt, sowie eine aufgetunte Elektro-Zahnbürste. Produkte der oberen Preisklasse zeugen von einem gentlemanhaften Körperbewusstsein. Wer allerdings die ganze Produktpalette von Lancôme Homme in seinem Bad aufgereiht hat, macht Frauen damit mehr Angst als mit Hämorridensalbe. Aber ein, zwei sinnvolle Tiegel sind nicht verkehrt.

Ein Mann hat natürlich keine Angst vor Chemikalien und daher immer starke Schmerztabletten und eine Tube Bepanthen Wundsalbe im Apothekerschrank.

Auf keinen Fall darf sich neben seiner Kloschüssel eine Klobürste in Form eines Porzellanhuhns befinden. Genauso wenig wie ein Bademantel, dem man das Abitur am Kragenspeck ansieht. Luschen denken nämlich, Bademäntel dürfen nicht gewaschen werden.

Das Schlafzimmer

Männer mit Satinbettwäsche haben auch Helmut-Newton-Poster in ihrem Schlafzimmer, aber selten echte nackte Frauen. Bettwäsche darf, genau wie Krawatten, nie mit lustigen Motiven bedruckt sein. Auch nicht mit ernsten Eisbären, die auf schwimmenden Eisschollen sitzen. Bunte Pinseltupfermotive zeugen von regionaler Geisteshaltung.

Ein Mann schläft weder in einem Hoch- noch in

einem Wasserbett. Genauso wenig wie in einem quietschenden barocken Eisengestell vom Flohmarkt. Eine viel herumgekommene Matratze auf dem nackten Boden lässt auf eine Herkunft aus Sparta schließen. Sein Bett ist auch nicht nur neunzig Zentimeter breit. Ein Mann sorgt dafür, dass sein Schlaf nicht belästigt wird, wenn andere Leute in seinem Bett übernachten. Unter dem Bett hat ein Mann eine riesengroße Maglite-Taschenlampe, um damit Einbrecher erst zu sichten und dann zu erschlagen.

Das Wohnzimmer

Ein Mann hat Ledermöbel. Männer stehen auf Leder, vorzugsweise schwarz, und auf Design-Klassiker wie zum Beispiel den Lounge Chair von Eames. Für seine Platten und CDs hat er, wenn er geschickt ist, selbst Regalelemente gebaut, die nicht nur gut aussehen, sondern auch mit einer Spezial-Autolackiermethode lackiert wurden. Oder er hat etwas Passendes anfertigen lassen, das viel gekostet hat, aber kaum auffällt.

Auch wenn er seine Schuhe schon alleine binden kann, hat ein Mann mindestens diese Spielsachen: Play Station 2, DVD-Player, Dolby-Surround-Anlage. Er kann das alles selbst anschließen und auch souverän damit umgehen.

Er hat keine Pflanzen, die er mit einer kleinen Gießkanne gießt, sobald ein kleines rotes Hütchen auf Null zeigt. Er spricht nie das Wort »Terrakotta« aus. Er besitzt einige Bücher, auch Literatur. Seine Wände sind weiß gestrichen. Schwammtechnik und farbige Wände haben nur Frauen, die Raubkatzenoptik für ihr Teeservice auswählen.

Ein Mann besitzt weder etwas aus der Gucci-Home-Collection noch von Armani Casa. Aber vielleicht eine Küchenanrichte, die aus rostigen Stahlrohren zusammengeschweißt ist und ebensolchen Metallplatten (»Hosentaschenanrichte«).

Ein Mann hat seinen Wohnraum selbst gestaltet. Selber Einrichten ist Ehrensache. Es waren also weder seine Exfrau, noch seine Mutter noch der Vormieter.

Ein Mann putzt nicht und macht auch seine Wäsche nicht selbst. Nichts ist entwürdigender als ein Mann mit einem Putzlappen (Ausnahme: Autopflege) oder einem Bügeleisen in der Hand. Dafür, ebenso wie für eine generelle Ordnung im Haus, ist seine Perle verantwortlich.

Der schönste Tag in der Woche eines Mannes ist der Tag, an dem seine Perle da war. Sein Bett ist frisch bezogen, das Bad glänzt, nichts liegt herum. Am schönsten sind die Wäschestapel, die sie in seinen Schrank gelegt hat.

Aber egal, wie wohl ein Mann sich zu Hause fühlt, eines wird er nie tun: Hausschuhe tragen. Auch wenn sich Penny Lancaster bei einer Veranstaltung im Londoner Mayfair zu dieser Aussage hinreißen ließ:

»Rod trägt immer Pantoffeln, Bequemlichkeit ist ihm wichtig.«

Das mag für Rod und Penny in Ordnung sein, aber ein Mann sollte auch keine alternden Rockstars imitieren.

Pantoffeln oder Hausschuhe anzuziehen bedeutet: Jetzt lege ich die Rüstung ab. Und unter der Rüstung kommt fleischfarbene Angora-Unterwäsche zum Vorschein. Es gibt keine Hausschuhe, die es verdient hätten, getragen zu werden. Millionen cooler Frauen leiden aus diesem Grund unter chronischer Blasenentzündung, weil sie barfuß über kaltes Parkett und Steinfußböden laufen, damit die Männer in den Genuss ihres leisen »taptaptap« kommen. Dieses Geräusch erzeugen nur schöne nackte Frauenfüße auf Stein oder Holz. Und nur echte Männer haben ein Ohr dafür. Luschen wohnen deshalb oft auf Teppichboden, da hört man nichts.

Manche Luschen denken, sie könnten dem Hausschuh-Dilemma elegant entgehen, indem sie zu Hause Birkenstock-Schlappen tragen. Da sitzen sie natürlich einem Irrtum auf. Denn Birkenstock-Schlappen-Träger gehören samt und sonders der Kategorie Menschen an, die Eizellen nur noch außerhalb des Körpers befruchten lassen können. Sie leben hermetisch abgeriegelt in einer spaßfreien schwarz-weißen Kapsel. Vor lauter Eisprung-Terror und Hormondruck sind sie völlig erschlafft und ergraut, so dass man sie beinahe auch ohne Birkenstocks an den Füßen erkennen kann.

Eine graue Frau mit einem grauen Kind, das aussieht wie ein kleiner alter Mann, klingelt vormittags an fremden Wohnungstüren und sagt:

»Könnten Sie bitte Ihre Musik leiser machen? Mein Baby kann nicht schlafen.«

»Aber es ist Zimmerlautstärke.«

»Wir hören es aber, der Kleine sieht sich ständig um…«

Der Kleine sieht aus, als wären seine Ohren, genau wie seine Augen, nur Attrappen.

Sie dagegen sieht nach gar nichts aus in ihrer grauen Hose, ihrem zu großen grauen Sweatshirt und dunkelblauen (Achtung Farbklecks!) Birkenstock-Schlappen.

Sie selbst hört natürlich nie zu Hause Musik. Wirkt wahrscheinlich behindernd auf die Eizellenproduktion.

Zwei Tage später klingelt ein grauer Mann mit demselben Mini-Greis auf dem Arm an einer anderen Tür:

»Können Sie bitte Ihren Müll runterbringen? Das ganze Treppenhaus riecht danach.«

»Aber es ist gar kein Müll drin, nur Altpapier.«

Die Birkenstocks werden bei der ersten Gelegenheit, zum Beispiel wenn sie einen von den Chemical Brothers gemixten Ton nach zweiundzwanzig Uhr erahnen, dem Hausbesitzer einen ausführlichen Brief schreiben, in dem sie von Orgien erzählen, die in seinem Haus stattfinden.

Der Hausbesitzer kann sein Glück nicht fassen. Nie wieder kann ihm jemand nachsagen, in seinem Haus würden nur langweilige Menschen wohnen.

Das kommt davon, wenn man sich mit Hormonen behandeln lässt. Das Zeug schlägt direkt aufs Gehirn.

Deshalb zeugen Männer Kinder aus Versehen oder gar nicht.

Susi-Test

Bin ich überhaupt ein Mann?

1. Ein perfekter Abend mit Freunden endet
a) beim Karaoke singen.
b) im Krankenhaus unter der Nähmaschine.
c) in Anna.

2. Wenn sich eine Frau neben mir eine Zigarette nimmt,
a) nehme ich mir auch eine von ihr.
b) nehme ich sie ihr aus der Hand und stecke sie angezündet zwischen ihre Lippen.
c) gebe ich ihr Feuer und frage dann: Wie war ich?

3. Wenn mir eine Frau gefällt,
a) warte ich, bis sie mich nach meiner Nummer fragt. Dann kann sie mich ja anrufen.
b) gehe ich mit ihr aus, küsse sie zum Abschied und melde mich danach eine Woche nicht.
c) richte ich eine SMS-Standleitung zu ihr ein. So lerne ich sie schneller kennen.

4. Wenn meine Frau untreu war,
a) gehe ich mit beiden ein Bierchen trinken, und wir bereden das.
b) bestrafe ich erst ihn, dann sie. Auf meine ganz persönliche Art.
c) bestehe ich darauf, das nächste Mal dabei sein zu dürfen.

5. Bei einem ersten Date
a) koche ich bei mir zu Hause. Vielleicht den leckeren Auflauf von Knorr. Restaurants sind mir zu stressig.
b) führe ich sie ins beste Fischlokal der Stadt. Mal sehen, ob sie ihren Babybutt filettieren kann.
c) gibt es Sushi. Da kann man nichts falsch machen.

6. Am liebsten esse ich
a) Homeservice. Das macht keinen Stress.
b) Steak mit Bratkartoffeln.
c) Sushi. Das ist so gesund.

7. Mein männliches Idol ist
a) Tom Cruise.
b) Conan, der Barbar.
c) James Bond.

8. Meine Lieblingssportart ist
a) Squash.
b) Fußball.
c) Golf.

9. Während der EM habe ich
a) viele Spiele verpasst.
b) Carolina in Porto kennen gelernt und beglückt.
c) mir die Spiele mit meiner Freundin zu Hause angesehen. Dazu haben wir Würstchen gegrillt.

10. Meine Lieblingslektüre ist
a) *Der Alchimist* von Paolo Coelho.
b) *Cannabis-Handbuch* von William Wolke.
c) *39,90* von Frédéric Beigbeder.

Auswertung:

Vorwiegend a):

Sie sind schrecklich.

Selbst Elfen fühlen sich neben Ihnen wie Schlagbohr-Lesben. Sie werden zur Strafe, mit einem steingefüllten Rucksack auf dem Rücken, das nächste halbe Jahr bei der Fremdenlegion verbringen. Danach fangen wir noch mal von vorne an.

Vorwiegend b):

Entspannen Sie sich. Strecken Sie alle viere von sich. Ihr Leben ist perfekt. Wenn Sie etwas wünschen, heben Sie einfach die Hand …

Vorwiegend c):

Sie könnten, wollen aber nicht.

Deshalb werden Sie in ein sehr kleines sizilianisches Dorf verbannt. Dort werden Sie sich in die schöne Tochter des Bürgermeisters verlieben. Alles andere wird man Ihnen dann schon beibringen.

Ich danke dem Mann,
der mir das Werkzeug schenkte,
um dieses Buch zu schreiben.
Du hattest mit allem Recht.